Gwibdaith Elliw

Gwibdaith Elliw

IAN RICHARDS

bwthyn
GWASG Y BWTHYN

Gwibdaith Elliw

IAN RICHARDS

ISBN : 978-1-913996-72-7

Cyhoeddwyd gyda chymorth ariannol
Cyngor Llyfrau Cymru

Cyhoeddwyd gan
Gwasg y Bwthyn, 36 Y Maes, Caernarfon, Gwynedd LL55 2NN
post@gwasgybwthyn.cymru
www.gwasgybwthyn.cymru
01558 821275

Diolch a Chydnabyddiaeth

I'm hannwyl wraig, Chris,

I Carol Thomas am ei chymorth caredig,

I Manon Steffan Ros am roi'i ffydd ynof,

I Delyth Jones am ei chyfeillgarwch a'i chymorth hael ac i'w merch Elliw am roi benthyg ei henw i'r llyfr,

I Siân Eleri Roberts am ei chyngor gwerthfawr,

I Alun Jones am ei gyngor pwyllog,

ac yn arbennig, i Meinir Pierce Jones, Gwasg y Bwthyn.

Diolch o galon i chi i gyd.

Do what you will, this world's a fiction
and is made up of contradiction.

William Blake, Nodlyfr c. 1808–1811

Breuddwyd #1

RHAGAIR

Petai mewn gwlad gynhesach neu'n agos at ryw dre bertach na Phort Talbot, byddai'r traeth yn enwog am ei harddwch. Mae mor llydan nes ei fod yn ymddangos yn wag, gan amlaf, ac eithrio ar ambell ddiwrnod yn ystod gwyliau'r ysgol. Ac eto, er ei fod yn ymddangos yn wag, mae'r atgofion yn dal yno. Daeth cenedlaethau o blant i'r traeth, yn adeiladwyr yn y tywod, neu'n herwyr y tonnau iasol. Daethon nhw'n ôl, fel gweithwyr diwydiannol y dre, gyda'u plant eu hunain, ond doedd y wefr ddim yr un fath â chynt. Roedden nhw wedi gadael rhyw ran orfoleddus, anadferadwy ohonyn nhw'u hunain ar ôl, yno ar y traeth.

Ond rwy'n siarad gormod. Prin yw'r bobl ar y traeth heddiw. Mae merch mewn cadair olwyn, hanner y ffordd rhwng y môr a'r tir. Mae'n ddwy ar bymtheg oed ac yn gwisgo jîns a siwmper werdd yn rhyw fath o amddiffynfa rhag yr awel. Mae'n gwisgo sbectol fawr ffasiynol. Byddai rhywun wrth edrych arni'n meddwl nad oes ganddi lawer i'w wneud. Mae ganddi stori, wrth gwrs, ond nid yw hyn yn bwysig am y tro.

Mae'n anodd symud ar dywod mewn cadair olwyn, on'd ydy? Sut cyrhaeddodd y ferch ganol y traeth, lle mae'r môr a'r tir yn brwydro yn erbyn ei gilydd bob dydd? Dyna gwestiwn i feddwl amdano. Ar y traeth, mae wastad ddarnau eang o dywod sy'n ddigon cadarn i symud arno mewn cadair olwyn, ond bydd patrymau'r tywod yn newid bob tro y bydd y llanw yn troi. Efallai, pe bai'r lleuad yn tynnu ar y môr mewn modd arbennig, a phetai'r gwynt yn fodlon, y byddai'r amgylchiadau yn cyfuno fel y gallai rhywun deithio dros y traeth mewn cadair olwyn. Ond mae angen calon feiddgar i fentro. Ymddengys fod hwn yn ddydd eithriadol felly, a bod hon yn ferch ddewr.

Barod?

1
Ar y Traeth

Canodd ei ffôn. Tynnodd Elliw'r ffôn o'i sach deithio las oedd yn hongian ar ochr ei chadair olwyn. Edrychodd yn syn ar y sgrin, ac arni eicon o ffôn yn siglo uwchben enw'r person oedd yn ei galw. *Efa* oedd yr enw a welai hi. Roedd hyn yn ddirgelwch, gan na allai'i ffôn ddangos enw galwr os nad oedd wedi rhoi'r enw yn ei ffôn eisoes. Ond roedd Elliw yn hollol sicr nad oedd hi'n adnabod neb o'r enw Efa.

Er bod yr haul yn gwenu, roedd y gwynt yn chwythu ei gwallt coch, hir, cyrliog dros ei hwyneb. Byddai'n anghwrtais peidio ag ateb, felly pwysodd y botwm gwyrdd, gwthio'i gwallt i'r naill ochr a rhoi'r ffôn wrth ei chlust.

"Helô, Elliw sy 'ma," meddai'n amheus.

"Helô. Efa sy'n siarad."

Roedd y llais yn felys a thyner, llais merch nid dynes ganol oed. Yn ei thridegau? Bron yn bedwar deg efallai?

"Dw i'n credu 'ych bod chi wedi cael y rhif anghywir."

"Elliw wyt ti?"

"Ie."

"Dw i'n siarad efo'r person cywir, felly."

"Ond dw i ddim yn 'ych nabod chi," atebodd Elliw.

"Dw i'n deall, ond dw i'n dy nabod di'n dda."

"Ry'ch chi'n fy nabod i?"

"Mmm."

"Ers pryd?"

"Anodd deud. Ers y dechra, falla."

Ni allai Elliw ddeall hyn o gwbl.

"Mae'n braf heddiw ar y traeth, on'd ydy hi?"

"Ydy, ond mae'n wyntog," meddai Elliw yn betrus.

"Wnest ti fwynhau dy hufen iâ?" gofynnodd wedyn.

"Sut y'ch chi'n gwbod i fi gael hufen iâ?" gofynnodd Elliw yn syfrdan. Roedd newydd fwyta 99 enfawr, gyda dau fflêc, a brynodd yn y caffi ar ben y wal fôr.

"Mmm. Byddai'n anodd egluro."

"Y'ch chi'n 'y ngwylio i?"

"Nac ydw. Dw i gan milltir i ffwrdd."

"Dim camera?" gofynnodd Elliw, yn dechrau poeni.

"Dim camera."

Ni wyddai Elliw beth i'w ddweud. Sylweddolodd i Efa sôn am yr hufen iâ er mwyn creu syndod.

"Pam y'ch chi'n fy ffonio i?" Teimlai Elliw fod yn rhaid gofyn, achos ei bod yn dal mewn penbleth.

"Wnes i ffonio i siarad am yr hyn rwyt ti'n mynd i neud nesa."

"Reit."

"Beth rwyt ti'n mynd i neud nesa?"

Myfyriodd Elliw. Dyma hi ar draeth Aberafan, ond nid oedd unrhyw syniad ganddi beth fyddai'n ei wneud nesaf. Od iawn.

"Dw i ddim yn siŵr," atebodd, er mwyn lladd amser. Pam nad oedd hi'n gallu cofio dim byd?

"Beth yw'r dewis, felly?"

Ond pan geisiodd Elliw feddwl beth i'w wneud nesaf, ymddangosai'r dyfodol fel tudalen wag yn diflannu i'r gorwel ym mhob cyfeiriad. Doedd dim byd i'w harwain, dim arwyddbost, dim cynllun. Arhosodd felly am awgrym gan synnu at y gwacter yn ei meddwl.

Ar ôl saib daeth yr awgrym.

"Rwyt ti angen gwneud y wibdaith hon," meddai Efa.

"Be? Pa daith?"

"Gwibdaith. Dim taith," cywirodd Efa hi'n fwyn.

Ystyriodd Elliw y gwahaniaeth rhwng 'taith' a 'gwibdaith'.

Ond pam ydw i'n poeni am eiriau? Mae cymaint o bethau eraill i feddwl amdanyn nhw, meddyliodd Elliw cyn holi:

"Gwibdaith... i ble?"

Sylweddolodd Elliw, wrth iddi siarad, fod Efa yn disgwyl am ei chwestiynau a bod ei hatebion yn barod.

"Daw hynny'n amlwg i ti," oedd yr ateb.

"Pam? Pam bod angen i fi fynd?"

"Pam bod pobl yn teithio? I ddarganfod rhywbeth? I weld lleoedd gwahanol?"

"Ry'ch chi'n ateb cwestiwn gyda chwestiwn arall," protestiodd Elliw yn rhesymol.

"Dw i ddim eisiau dy ddrysu di. Taswn i'n deud gormod, fyddai'r siwrne ddim yr un fath. Mae mwy o bobl i'w hystyried."

Doedd yr ateb yma ddim yn hollol ddefnyddiol chwaith. A beth am y geiriau olaf? Pobl eraill? Pwy?

"Oes dewis 'da fi?"

Am y tro cyntaf, roedd yn rhaid i Efa feddwl am ei hymateb. Yn y diwedd, atebodd gan fesur ei geiriau'n ofalus.

"Oes. Mae gen ti ddewis. Os nad wyt ti'n hapus, mi af i ffwrdd a gadael llonydd i ti."

Yn ystod y saib nesaf, credai Elliw fod Efa yn gofyn iddi wneud dewis heb fod ganddi hi unrhyw syniad beth fyddai'r canlyniadau.

"Ymddi:rieda yno' i. Rwyt ti angen gneud hyn. Fyddwn i ddim am dy roi mewn unrhyw berygl," meddai'r llais caredig.

Gan fod ymennydd Elliw yn chwyrlïo mor gyflym, ni allai ganolbwyntio tan iddi gael cwestiwn annisgwyl.

"Sut mae Gwenno?"

Edrychodd Elliw i lawr yn reddfol ar ei chydymaith, oedd yn gorwedd ar y tywod ar bwys y gadair olwyn. Dafad flêr a chanddi drwyn hir a llygaid mawr oedd Gwenno. Fel croesfrid o ryw fath, roedd ei hwyneb yn frith, yn frown ac yn wyn. Ni fyddai gobaith 'da hi ennill gwobr mewn sioe. Synhwyrodd Gwenno fod Elliw yn edrych arni a chododd ei phen, gan frefu'n dawel.

"Mae hi'n iawn, ond angen bwyd, fel arfer," atebodd Elliw wrth iddi anwesu côt wlanog Gwenno.

Yna cafodd Elliw syniad.

"Beth am Mam? Bydd hi'n poeni, os awn i ffwrdd."

"Bydd hi'n iawn."

Am ryw reswm roedd Elliw yn sicr na fyddai'i mam yn poeni ac ni feddyliodd amdani wedyn.

Bu saib arall a sylweddolodd Elliw fod yr alwad ffôn ar fin dod i ben.

"Mae mwy o gwestiyne 'da fi."

"Dw i'n siŵr." Roedd y llais yn dal i fod yn argyhoeddiadol o dyner.

"Arhoswch! Plis!"

Ond aeth y ffôn yn fud. Syllodd Elliw ar y sgrin ac wedyn troi'i phen i wynebu Bae Abertawe. Roedd y tonnau'n fywiog a sylweddolodd, am y tro cyntaf, pa mor hallt oedd yr awel gref. Gwelodd siapiau glas yr awyr a'r môr, yr ewyn yn symud yn gyson fel rhaffau gwyn ac yn torri ar felynder y tywod.

Wrth iddi syllu ar linellau naturiol yr olygfa, tynnodd ei bawd ar hyd ei bol, gan ddilyn y ffin ryfedd rhwng y mannau lle'r oedd teimlad a'r ardal heb deimlad. Mor rhyfedd bod rhan o'i chorff na allai ei theimlo o gwbl, er ei bod yn gwybod mai ei chnawd hi ei hun ydoedd.

Meddyliodd Elliw am y trafferthion. Pe byddai'n teithio, byddai'n wynebu problemau o'r math arferol: sut i ddod o hyd i lety priodol, sut i gael mynediad ar fysiau ac ar drenau. Byddai'n rhaid iddi ddibynnu ar ddieithriaid caredig ac roedd yn gas ganddi hynny. Chwilio am doiledau wedi'u haddasu i bobl mewn cadair olwyn, dyna'r peth gwaethaf.

Yna, gadawodd i'w synhwyrau grwydro. Wrth weld ei llewys yn chwifio yn erbyn ei breichiau, rhyfeddodd at ei chroen gŵydd. Syllodd ar y tonnau nes iddi deimlo ei bod yn adnabod pob diferyn o'r ewyn, er mor fyr ei fywyd. Aeth munudau heibio. Gwallgofrwydd fyddai ufuddhau i eiriau rhyw ddieithryn ar y ffôn, waeth pa mor fwyn oedd ei llais. Ond, fel yr ymddangosai pethau i Elliw, roedd yr elfennau'n awgrymu'r gwrthwyneb. Roedd yr awyr a'r môr o blaid Efa, er nad oedd geiriau ganddynt. Mae'n anodd dadlau yn erbyn lliwiau'r awyr ac adlewyrchiad yr haul. Yn y diwedd diflannodd gwawr las y môr yn gyflym iawn gan adael argraff ddofn arni, a dyma a drodd y fantol.

"Wel 'na ni, Gwenno. Ry'n ni'n mynd ar wibdaith," meddai'n bendant.

Ond wedi iddi wneud ei dewis, doedd y ffordd ymlaen ddim yn amlwg i Elliw. Ddylai hi ffonio Efa i ddweud wrthi hi?

Cododd Gwenno ac edrychodd y ddafad yn syth ar Elliw nes cyfarfu llygaid y ddwy. Yna, trodd Gwenno i gyfeiriad y ramp oedd yn codi o'r traeth i'r llwybr ar hyd y wal fôr, a dechrau cerdded yn benderfynol.

"Fy nafad yn fy arwain i? Mae hynny'n syndod i ddechrau," sibrydodd Elliw.

Dilynodd Elliw hi heb ddweud gair arall wrth i'r ddafad gamu'n ofalus dros y tywod cadarn. Gadawai'r gadair draciau bas wrth ymyl olion carnau Gwenno. Ar y ramp o'r tywod a'r gadair olwyn mewn perygl o lithro'n ôl, rhoddodd Gwenno ei hysgwydd gref yn ei herbyn fel y gallai Elliw ddod o hyd i ffordd sicrach. Diolch byth am ddafad ddoeth.

2
Cyflwyno Efa

Mae gen i ddau gwestiwn i'w hateb.

Y cwestiwn cyntaf: Pa fath o beth yw creu? Yn bennaf, ysgrifennu sy dan ystyriaeth, er bod 'na ffyrdd eraill o fynegi'r awydd i greu. Ond beth yw'r awydd hwn? Rwy'n dyheu am greu pobl yn y dychymyg, yn gnawd, esgyrn, croen a blew, ac am iddyn nhw fodoli yn fy meddwl. Ond bydd y cyrff hynny yn hongian fel doliau clwt mewn siop deganau tan i mi roddi bywyd iddyn nhw a gosod eneidiau ynddyn nhw. Mae angen tafod fywiog er mwyn mynegi gobeithion, mae angen tynerwch breichiau er mwyn cofleidio'n gynnes, mae angen calon agored er mwyn caru. Nes i'r creawdwr lenwi ei gymeriadau â rhinweddau a beiau, mae ei dasg yn anghyflawn. Dychymyg, dealltwriaeth, cynildeb, mae angen pob un ar y creawdwr. Siawns nad ydw i'n ddigon crefftus! Ond mae angen i mi wneud ymdrech fawr.

Yn y stori hon, rwyf wedi mynd at lygad y ffynnon i ddod o hyd i'r cymeriadau a dewis y sawl sy'n apelio ataf. Roedd yn rhaid i fi adael cymeriadau diddorol sydd heb eu cyflwyno hyd yn hyn. Byddaf i'n dychwelyd atyn nhw rywbryd eto, mae'n debyg.

Ond pa fath o beth yw creu? Dyw e ddim yn beth

solet, pendant megis saernïo bwrdd, ond mae gen i hanner ateb: hel pethau at ei gilydd yw creu. Tameidiau o f'atgofion, themâu hen chwedlau, darnau o fywydau pobl eraill. Ychwanegwch eiriau a bwriadau, y teimlad o fyw mewn bydysawd anesboniadwy, a dyna chi wedi creu amlinell o gymeriad. Ond mae 'na elfen arall nad ydw i'n gallu ei throsglwyddo. Wedi i mi feddwl am yr elfen ychwanegol, mae'n amhosibl ei diffinio. Mae'n well gen i awgrymu atebion i'r cwestiwn am greu sy'n aneglur a niwlog. Cyffwrdd â bydoedd na fuon nhw erioed? Anadlu lliwiau i feddyliau pobl eraill? Dydw i ddim yn poeni gormod am hynny ac rwy'n fodlon ar atebion nad ydyn nhw'n fwy na lleisiau yn y gwynt. Pe baen ni'n ceisio cydio mewn creadigrwydd, byddai'n dianc o'n gafael bob tro. Ond mae'r weithred o greu yn stryd ddwyffordd. Nid yw creadur diog, nad yw wedi llwyddo i greu unrhyw un, yn greadur go iawn. Wrth iddi ysgrifennu, felly, y caiff awdures ei chreu. Er nad yw geiriau'n ddigon i'w dal, merched sy'n deall creadigrwydd orau, y cyfrifoldeb a'r chwys o greu.

Ga i gyflwyno fi fy hun, felly? Efa ydw i. Efa yw enw'r ferch wreiddiol, wrth gwrs. Cyd-ddigwyddiad? Er fy mod i'n byw mewn tŷ cyffredin ac yn gwneud pethau cyffredin fel anfon y plantos i'r ysgol bob dydd, i ryw raddau y ferch wreiddiol ydw i. Mae pob merch yn ddisgynnydd i'r Efa wreiddiol, yn ffigurol, o leiaf. Mae 'na elfen greadigol sy'n cael ei throsglwyddo o fam i ferch drwy'r cenedlaethau a hen, hen gymhelliad sy'n fy ngyrru i. Ers tro byd, mae merched rhyfeddol wedi creu'r byd go iawn a bydoedd y dychymyg. Dilyn ar yr un llwybr ydw i.

Rwyf i newydd ryddhau Elliw i fyd ansicr, peryglus. Pob lwc, cariad. Ond mae gen ti Gwenno yn gyd-deithiwr. Gwenno ac Elliw! Elliw a Gwenno! I ble byddwch chi'n crwydro?

O, mae'n ddrwg gen i! Soniais am ddau gwestiwn. Dyma'r ail: sut brofiad fydd y profiad o fod yn gymeriad wedi ei greu? Dyma gwestiwn mwy cymhleth fyth, rwy'n credu.

Wrth feddwl am hyn, ces i syniad newydd. Ddylen ni i gyd edrych am arwyddion ein bod wedi cael ein creu? Mae gen i dri chwestiwn felly. Mae angen i mi feddwl rhagor am hyn oll. Mae'r atebion yn ymddangos mor bwysig i mi.

3
Aberafan

Dechreuodd y wibdaith yn ara' deg. Pan ddaeth Gwenno o hyd i borfa ffres, drws nesaf i'r caffi ar y promenâd yn Aberafan, arhosodd am hanner awr i bori. Yn y cyfamser, taclusodd Elliw gynhwysion ei sach deithio'n dawel. Doedd dim llawer o arian yn ei phwrs, a doedd hi ddim yn siŵr faint o arian oedd yn ei chyfrif banc chwaith. Ymchwiliodd drwy'r haenau niferus o bob math o bethau oedd wedi casglu yng ngwaelod ei bag. Daeth o hyd i swm bach, ond nid oedd digon yno i brynu mwy na brechdan. Chafodd hi ddim cysur chwaith wrth weld y dewis o ddillad oedd yn ei bag. Doedd dim llawer yno i'w chadw'n gynnes, pe bai'r tywydd yn oeri. Roedd eli haul gyda hi, i ddiogelu ei chroen gwyn, fel sydd ei angen ar bob cochen go iawn. Ond edrychai'r awyr yn ansefydlog a byddai'n well ganddi pe bai siwmper arall yn ei bag yn hytrach na'r dillad haf. Beth bynnag, roedd wedi gwneud ei dewis, a doedd dim pwrpas ailfeddwl. Roedd rhywbeth i'w ddarganfod, ac roedd Elliw yn benderfynol o ddatrys y dirgelwch.

Ar ôl i Gwenno gael ei digoni, aeth yn syth i gyfeiriad y dre, heb edrych yn ei hôl. Bu'n rhaid i Elliw frysio er mwyn ei dilyn, er y credai mai'r orsaf oedd pen eu taith.

Roedd y ffordd o'r promenâd yn dawel, a phrin oedd y bobl ar y stryd. Dylai'r olygfa o ferch mewn cadair olwyn a dafad ufudd yn cydgerdded drwy'r dre fod wedi ennyn syndod, ond wnaethon nhw ddim a chyrhaeddon nhw'r gylchfan ger yr orsaf. Trodd Gwenno tuag at y ganolfan siopa, a gan fod ei chydymaith yn cerdded mor bendant, dilynodd Elliw hi.

Doedd hi ddim yn syndod gweld cyn lleied o bobl ar y stryd ger y traeth, ond disgwyliai weld y ganolfan siopa'n brysurach. Crwydrai pobl yn y ganolfan heibio i Elliw a Gwenno mor ddiynni â phobl yn cerdded yn eu cwsg. Roedd Elliw yn dal i ryfeddu pam nad oedden nhw ar y trên neu ar fws ar drywydd rhyw antur, ac ysai am adael awyrgylch annaturiol y dre. Yna, arhosodd Gwenno o flaen y banc dan do'r arcêd. Edrychodd Elliw o'i chwmpas i geisio deall pam eu bod nhw wedi cyrraedd y fan honno. Beth oedd bwriad ei ffrind gwlanog yn dod â hi yma?

Edrychodd ar Gwenno am awgrym. Rowliodd honno'i llygaid gan symud yn nes at wal y banc lle'r oedd peiriant arian.

"Ti am i ni gael arian?"

Safodd Gwenno'n stond, ond roedd yn amlwg i Elliw mai dyna oedd ei bwriad.

Ymbalfalodd Elliw am ei cherdyn banc yng ngwaelod ei bag. Symudodd ei chadair yn ofalus er mwyn iddi fod yn agos at y peiriant. Wedi gweld sawl sgrin a phwyso sawl botwm, derbyniodd ei cherdyn yn ôl, a gwnaeth y peiriant synau mecanyddol. Trodd Elliw i gyfeiriad Gwenno.

"'Sdim arian, sori."

Symudodd Gwenno'n bwrpasol. Aeth y ddafad y tu ôl i gadair Elliw a, heb unrhyw rybudd, trawodd gefn y gadair â'i phen. Nid oedd yr ergyd yn boenus, ond cafodd Elliw ei hysgwyd.

"Be ti'n neud?" ebychodd.

Ond teimlodd Elliw ben y ddafad yn ei tharo am yr eildro.

"Iawn! Ti eisiau mynd. Dw i'n deall!"

Aeth Elliw yn ei blaen am ryw hanner can metr yn gyflym, er mwyn sicrhau Gwenno nad oedd yn loetran. Roedd ei breichiau'n teimlo'n flinedig pan sylweddolodd ei bod ar ei phen ei hun mewn stryd oedd yn hollol wag. Ddylai hi aros neu fynd yn ôl i chwilio am y ddafad? Penderfynodd aros.

Ymhen ychydig, daeth Gwenno ar hyd y stryd o gyfeiriad y banc a gwelodd Elliw fod rhywbeth rhwng ei genau. Pan oedd yn ddigon agos, poerodd y ddafad ddyrnaid o bapurau ugain punt ar ei glin. Er i Elliw ryfeddu at y pentwr o arian, edrychai Gwenno'n hollol ddiniwed.

"Lle gest ti gymaint o arian?" gofynnodd hi.

O'r peiriant arian, wrth gwrs. Nid oedd yn rhaid gofyn. Roedd y papurau'n newydd sbon, ac eithrio bod hanner cylch o ôl dannedd bach a llawer o boer o geg Gwenno arnyn nhw.

Cyfrodd Elliw yr anrheg annisgwyl. Tri chan punt.

Ond a fyddai'n anonest defnyddio'r arian yma? Sut cafodd dafad arian o beiriant? Pe bai rhywun yn edrych ar ffilm y teledu cylch cyfyng câi sioc, meddyliodd Elliw gan wenu. Penderfynodd fod yr arian yn rhan o ryw gynllun nad oedd yn ei ddeall. Roedd wedi derbyn sawl peth syfrdanol y diwrnod hwnnw ac felly derbyniodd yr arian hefyd. Daliai Gwenno i edrych yn ddifater ac felly cychwynnodd Elliw i gyfeiriad yr orsaf unwaith yn rhagor.

4

Efa

Gallaf i gofio mynd i drefi eraill yng Nghymru pan o'n
i'n ifanc iawn. Roedd pob tre'n wahanol mewn miloedd
o ffyrdd cynnil. Dim ond plant sy'n sylwi ar gymaint o
wahaniaethau. Cawn fy syfrdanu gan y pethau lleiaf.
Efallai fod lliw'r bysiau'n wahanol yno. Bysiau gleision!
Cyn i mi ddod i'r dre honno, roedd y syniad hwnnw
yn amhosibl. Gallwn roi miloedd o enghreifftiau a
gwnâi pob un ohonyn nhw i mi deimlo'n ansefydlog a
'nghyffroi ar yr un pryd. Os gallai pethau syml fel y rheiny
fod yn wahanol, beth arall? Allai'r nen fod yn oren yn
rhywle arall? Allai pobl hedfan mewn gwledydd eraill?
Roedd angen i mi wybod beth sy'n bosibl a beth sy'n
amhosibl. Y bydoedd sy'n bodoli a'r bydoedd nad ydyn
nhw'n bodoli, roeddwn i'n bwriadu ymweld â'r naill a
dyfeisio storïau am y lleill. Plentyn yn fy llawn dwf ydw i!

Roedd 'na gyfnod pan fyddwn yn teithio'n ddi-baid.
Yna, sylweddolais fod gan y teithiwr wastad gwestiwn
i'w ateb. Ble nesaf? Bob amser. Mae teithio yn dwysáu
canlyniadau ein dewisiadau. Tasen ni'n aros gartref,
fyddai ein dewisiadau ni ddim mor bwysig, ond bydd
y crwydryn yn mentro popeth, a daw pob cam â'i
beryglon. Taswn i wedi dewis llwybr arall, fyddwn i

wedi cwympo oddi ar ryw glogwyn? Taswn i wedi aros yno, fyddai rhyw drychineb wedi digwydd i mi? Mae'n debyg bod y crwydryn yn arbed ei fywyd ei hun drwy ddewis yn bwyllog a bod yn ffodus dro ar ôl tro. Fydd y crwydryn ddim yn sylweddoli hyn, ond mae'n wir serch hynny.

Mae'r crwydryn yn byw mewn ansicrwydd wrth gwrs. A dweud y gwir, rydyn ni i gyd yn byw mewn ansicrwydd, ond bydd y crwydryn yn wynebu niwl y dyfodol yn groesawgar. Fel cymaint o ddewisiadau, math o gyfnewid yw penderfynu bod yn grwydryn, sef cyfnewid sicrwydd am brofiadau newydd. Dyma'r cynnig mae Elliw wedi ei dderbyn.

Os ydy popeth yn y fantol, mae angen rhyw fath o ddealltwriaeth yn ein dewisiadau felly.

5

Abertawe

"Where d'you wanna go then?" gofynnodd acen y Cymoedd.

Roedd y cwestiwn yn syml, ond doedd Elliw ddim wedi meddwl am yr ateb.

"Yy..."

Y dyn ifanc, diflas yn swyddfa docynnau'r orsaf oedd yn holi. Teimlai Elliw yn ansicr yn barod oherwydd bod ei chadair yn rhy isel i allu siarad â'r dyn yn gyfforddus.

Yn sydyn daeth neges drwy'r uchelseinydd.

"Y trên nesaf i gyrraedd platfform dau fydd y trên pum munud i bump, a fydd yn aros yn Abertawe'n unig. Platfform dau ar gyfer Abertawe."

"Abertawe, that is, Swansea, please," meddai Elliw, wedi cael rhyddhad wrth benderfynu.

Abertawe 'te, meddai Elliw wrthi ei hunan. Cofiodd ofyn, "Can I have a ramp... to get on the train?"

Ochneidiodd y dyn. "Platform two then. Make it quick."

Aeth Elliw a Gwenno i'r lifft ac wedyn dros y bont ac i lawr yn y lifft nesaf. Tuthiai Gwenno'n urddasol o flaen Elliw. Ar blatfform dau, roedd yr un dyn yn aros amdani, yn dal i edrych yn ddiflas. Doedd neb arall ar y platfform, am fod pawb wedi gadael, neu ar y trên yn barod. Hi oedd yn cadw'r trên rhag gadael yr orsaf.

Aeth y siwrne'n ddigon cyflym ac ni chafwyd unrhyw broblem, felly cafodd Elliw ychydig o amser i fyfyrio. Eisteddai dyn ifanc wrth ei hymyl, myfyriwr efallai. Darllenai'n ddiwyd fel petai'n anymwybodol bod dafad yn gorwedd o dan ei draed, bron. Yna, gwelodd Elliw e'n estyn ei law i anwesu Gwenno gan ddal i ddarllen. Ni ddangosai unrhyw ryfeddod ei fod yn eistedd yng nghwmni dafad. Penderfynodd Elliw un ai na allai pobl weld Gwenno, neu nad oedden nhw'n sylwi arni. Dim ond llygaid yr isymwybod sy'n gallu ei gweld, meddyliodd Elliw. Teimlai'n fodlon ei bod wedi darganfod yr union eiriau i ddisgrifio'r sefyllfa. Gadawodd nodyn yn ei chof i siarad â Gwenno am fod yn hanner anweledig. Beth arall allai Gwenno ei wneud, tybed? Teimlai Elliw fel chwerthin yn uchel, ond byddai'n anodd egluro i'w chyd-deithwyr ei bod yn mynd ar siwrne ddirgel gyda dafad hanner anweledig. Pan ddywedodd Elliw hyn wrthi ei hunan ymddangosai'r sefyllfa'n fwy doniol nag erioed. Chwarddodd yn uchel, ond trodd y chwerthin yn besychiad. Trodd rhai eu pennau i edrych arni, ond doedd hi ddim yn berson digon diddorol, felly troesant yn ôl at eu ffonau symudol.

Yn fuan, cyrhaeddon nhw Abertawe. Wrth i bawb arall adael y trên meddyliodd Elliw pa mor od oedd ymddygiad y mwyafrif ohonyn nhw, yn treulio'u bywydau yn gwneud y pethau arferol heb fyw bron y rhan fwyaf o'r amser. Roedd Elliw wedi dechrau sylwi bod pob math o bethau'n wahanol mewn ffyrdd bychain, ond ei bod yn anodd egluro'r teimlad iddi hi ei hun. Yn y diwedd penderfynodd fod pob dim yn edrych fel petai mewn ffilm. Wrth wylio ffilm, mae pethau a phobl yn ymddangos yn real, er eich bod chi'n gwybod mai edrych ar ffilm ydych chi. Mae rhyw bellter bach rhwng ffilm a'r byd go iawn. Ac mae rhyw bellter bach rhyngof i a'r bobl eraill sydd ar y trên, meddai wrthi'i hun.

Arhosodd Elliw i bawb arall adael y trên – profiad cyfarwydd iddi hi ers ei damwain. Ar ôl y drafferth arferol o drefnu'r ramp, a hithau'n dal yn gynnar fin nos, i ffwrdd â hi i'r dre.

Wrth fynedfa'r orsaf, syllodd ar dirwedd y ddinas, a gweld palmentydd wedi torri, torf o bobl yn mynd adref wedi diwrnod o waith, a sgaffald ar balmant cul. Byddai'n anodd llywio'i chadair drwy'r stryd brysur. Ochneidiodd ac aros i benderfynu i ba gyfeiriad roedd am fynd. Anelodd at gyfeiriad y môr. Roedd Gwenno'n fodlon ei dilyn a gwyddai y byddai'r ddafad yn ei chywiro, pe bai'n mynd ar gyfeiliorn.

Pasiodd siop oedd ar fin cau ond gwelodd rywbeth diddorol yn y ffenestr a stopiodd i edrych yn fanylach. Gwisgoedd haf ac ategolion! Roedd Elliw yn hoffi'r haf gymaint fel y byddai'n hel meddyliau amdano drwy'r gaeaf, ac felly llawenhâi yn y lliwiau disglair. Arhosodd Gwenno gan grafu ei charn yn ddiamynedd bob hyn a hyn. Roedd yn rhaid i Elliw gyfaddef mai Gwenno oedd yn iawn; angen mwy o ddillad cynnes roedd hi, nid ffrog liwgar ar gyfer yr haf. Ond... ond... Aethant ymlaen a chyrraedd Amgueddfa Genedlaethol y Glannau. Troesant i gyfeiriad y gorllewin gan edrych am westy addas. Wedi darganfod lle addawol, trodd Elliw ei chadair i wynebu Gwenno.

"Beth amdanat ti, felly?"

Fyddai'r perchnogion yn ei gweld? Roedd yn debygol y byddai'r perchnogion yn gweld y ddafad yn y gwesty, er na ddywedodd y bobl ar y trên ddim gair. Roedd yn anodd credu bod ei ffrind, y famog annwyl, yn anweledig y rhan fwyaf o'r amser.

"Gawn ni weld be sy'n digwydd," meddai Elliw wrth agosáu at ddrws y gwesty. Canodd y gloch a gwrandawodd am sŵn traed. Agorwyd y drws gan ddyn canol oed, taclus, hen ffasiwn. Erbyn hyn, roedd Gwenno'n gorwedd yng nghanol clwt o wair o flaen y gwesty yn cnoi ei chil. Ni ddaeth yr ymateb hanner disgwyliedig, felly holodd Elliw a oedd lle i aros yn y gwesty. Er bod Gwenno'n pori ar y lawnt, cytunwyd y byddai Elliw yn cael ystafell ar y llawr gwaelod. Eglurodd y perchennog fod yr ystafell wedi ei haddasu ar gyfer ei dad-cu, ond na fu neb yn aros ynddi ers ei golli. Roedd wedi bwriadu gwneud rhywbeth i dacluso'r ystafell, ond, ond... ond... Erbyn hynny roedd Elliw wedi blino gwrando arno. Roedd yr ystafell wedi ei haddasu gogyfer â rhywun mewn cadair olwyn ac roedd hynny'n rhyddhad enfawr iddi. Edrychai'n ddi-raen, ond doedd dim gostyngiad yn y pris. Ta waeth am hynny, teimlai Elliw yn saff ac yn gyfforddus.

Ni wnaeth y perchennog sylw am y ffaith nad oedd

ganddi lawer o fagiau – ar ormod o frys i dderbyn ei harian, efallai. Dyna oedd orau gan Elliw hefyd. Dadbaciodd ei heiddo'n gyflym ac ymgartrefu yn ei hystafell. Wedyn, meddyliodd am yr hyn oedd newydd ddigwydd iddi. Er iddi ddewis y gwesty ar hap braidd, roedd ystafell ar gael yno a honno wedi'i haddasu ar gyfer rhywun mewn cadair olwyn. Cyd-ddigwyddiad tybed, meddyliodd Elliw.

Roedd rhywbeth arall ar feddwl Elliw hefyd. Ers cael hufen iâ, nid oedd wedi bwyta ac edrychai ymlaen at gael rhywbeth blasus ond nid rhy iachus. Mewn llai na deng munud aeth ar drywydd siop prydau parod. Wrth iddi adael y gwesty gofynnodd i Gwenno, "Ti eisiau dod?" Ni symudodd Gwenno flewyn, ac felly cychwynnodd Elliw ar ei phen ei hun. Wedi mynd am chwarter milltir ar hyd glan y môr, daeth o hyd i fwyty Indiaidd. Roedd tri bachgen, tua'r un oed â hi, yno'n aros eu tro mewn ystafell gyfyng. Pedair wal a chownter, gyda bwydlenni arnynt, dyna oedd gofod cyhoeddus y bwyty. Wrth iddi giwio sylwodd Elliw fod y bechgyn yn ciledrych arni'n slei, gan wybod y buasai un ohonyn nhw wedi tynnu sgwrs â hi tasai hi ddim mewn cadair olwyn. Ai teimlo trueni drosti roedden nhw, neu ei diystyru yn llawn diflastod? Roedd hi'n falch o'u gweld yn diflannu gyda'u bwyd.

Wedi cyrraedd y gwesty bu'n rhaid iddi ganu cloch y drws gan na allai gyrraedd y twll clo. Braidd yn ddiamynedd oedd y perchennog, ond wnaeth hynny mo'i phoeni. Ymhen dim roedd hi'n cysgu'n braf.

Roedd ail ddiwrnod y wibdaith yn rhyfeddol o dawel, er i Elliw ddisgwyl anturiaeth a gwyrthiau hyd yn oed. Crwydrodd y ferch a'r ddafad y ddinas, gan edrych am ryw arwydd i ddangos ble bydden nhw'n mynd nesaf. Cafodd Elliw gyfle i brynu nwyddau angenrheidiol ar gyfer teithio. Prynodd wisg liwgar oedd yn apelio ati hefyd, a gwisg las golau na allai wrthod y demtasiwn i'w phrynu. Cytunodd Gwenno y tro hwnnw.

Daliai Elliw i gredu y byddai Efa'n cysylltu â nhw cyn bo hir. Weithiau, dychmygai ei bod wedi synhwyro rhywbeth o bwys – lliw disglair neu gerddoriaeth yn yr awel, ond doedd dim byd yno mewn gwirionedd. Aeth yr oriau heibio, ac yn y diwedd doedd dim arall i'w wneud ond dychwelyd i'r gwesty.

Gwnaeth Elliw yn union yr un peth â'r noson flaenorol, aeth i'r un tŷ bwyta yn gynnar. Roedd yn rhyddhad i Elliw nad oedd neb arall yno ac y gallai archebu ei phryd ar ei phen ei hun, heb orfod poeni am giledrych na sisial annerbyniol.

Yn y cyfnos, wrth iddi ddod yn ôl i'r gwesty, cafodd Elliw gipolwg ar bobl ar y traeth yn symud mewn ffordd hynod. Edrychodd yn ddyfal a gweld tua deg person rhyw ddau gan metr oddi wrthi. Gan fod cymysgedd o fwd a thywod o'u blaenau, roedd yn rhy wlyb iddyn nhw rydio trwyddo, ac felly roedden nhw ar eu pengliniau. Glynai'r mwd yn eu breichiau a'u coesau, gan wneud i bob symudiad ymddangos fel eu gweithred olaf. Roedd yr wybren yn tywyllu ond, ar yr un pryd, roedden nhw'n agosáu at Elliw. Ebychodd pan welodd pa mor denau oeddent. Roedd eu dillad yn fwdlyd a llwyd oedd eu hunig liw, ac roedd rhywbeth hen ffasiwn am eu ffurfiau a rhywbeth anarferol am eu hamlinellau. Wrth i'r haul ddiflannu'n llwyr, daeth golau melyn rhyfedd o'r tir dros lan y môr. Nid golau trydan oedd hwn. Creodd y golau annaearol bwll bychan ac ynddo gwelodd Elliw bedair ffurf newydd.

Dechreuodd y dynion ar y lan weiddi a rhegi ar y bobl a ymlusgai ar draws y traeth.

"Ewch adre, Padis!!"

"Fuckin' sandcrawlers."

"Go back to your bogs."

Parhaodd y gweiddi ac yna, wrth i'r bobl druenus nesáu, cafodd y garreg gyntaf ei thaflu, cyn i gawod o gerrig ddisgyn arnyn nhw. Yn ffodus, rhai gwael am anelu oedd y taflwyr cerrig. Gwelodd Elliw un garreg yn taro ochr ffurf fenywaidd. Arhosodd y ddynes yn ei hunfan, fel petai'n ymnerthu wrth geisio dygymod â'r boen. Yna, daliodd ati i ymlusgo'n araf.

Roedd dagrau wedi cronni yn llygaid Elliw, a llifodd tristwch mawr drosti. Aeth ei llaw yn syth i boced ei chôt i chwilio am ei ffôn a deialodd â bysedd crynedig 999 gan ddisgwyl am ymateb.

"Heddlu, heddlu, plis... *no, police, that is*," meddai hi, cyn iddi wrando ar y llais ar y ffôn.

"Mae'n iawn. Paid â phoeni."

"Efa?"

Syllodd Elliw ar y sgrin mewn sioc. Yn lle 999 neu 'Gwasanaethau Argyfwng', darllenodd *Efa*. Roedd Elliw wedi wynebu llwyth o ddigwyddiadau anarferol yn barod, ond cafodd ei brawychu gan hyn.

"Ie, Efa sy 'ma. Paid â phoeni."

Roedd gwynt Elliw yn ei dwrn a cheisiodd anadlu'n araf. Tawelodd yn raddol, a holodd y cwestiwn amlwg.

"Y bobl ar y traeth, ai ysbrydion ydyn nhw?"

"Mwy fel adleisiau."

"Adleisiau? Pwy ydyn nhw?"

"Gwyddelod. Rhan o hanes tywyll y ddinas."

"Ydyn nhw'n byw yn y ddinas?"

"O! Nac ydyn. Cyrhaeddon nhw, wel, bron i ddau gan mlynedd yn ôl."

"Pam ydw i'n eu gweld nhw nawr, 'te?"

"Dw i wedi bod yn meddwl am garedigrwydd wrth deithio. Mae'r teithiwr yn dibynnu ar garedigrwydd a chofiais i am y Gwyddelod yn cyrraedd Cymru."

Sylweddolodd Elliw y gallai Efa feddwl am unrhyw beth mewn unrhyw gyfnod ac yna byddai'n ymddangos.

"Chlywais i erioed mo'r hanes," meddai Elliw.

"Wel, yn Iwerddon, ar y pryd, roedd 'na dlodi mawr. Ymfudodd cannoedd o filoedd o bobl er mwyn dianc rhag y drasiedi. Aeth llawer i America, ond daeth miloedd i Gymru hefyd. Daethon nhw i Gymru yn howldiau'r llongau oedd yn cario glo i Iwerddon. Fe wnaethon nhw ddianc rhag eu tranc yn y mwd a'r tywyllwch."

Arhosodd Efa fel tasai'n disgwyl ymateb ond ni ddywedodd Elliw air.

"Nid oedd meistri'r llongau'n fodlon eu glanio yn

y porthladdoedd, gan eu bod yn gwybod y byddai gwrthwynebiad. Câi'r Gwyddelod eu rhyddhau ar y tywod ac yn y mwd a byddent yn llusgo'u hunain i wlad yr addewid ar eu pedwar. Dyna pam y byddai'r Gwyddelod ym mhorthladdoedd y de'n cael eu galw'n *sandcrawlers*."

"Ai dyma beth dw i newydd ei weld?" gofynnodd Elliw.

"Ie."

"Mae'n anodd credu y gallai pobl fod mor greulon."

"Ydy. Mi wnaeth rhai pobl estyn cymorth. Mae 'na bobl dda ym mhobman, cofia. Ond, erbyn hyn mae wyrion y *sandcrawlers* ac wyrion y rhai oedd yn taflu cerrig i gyd yn Gymry. Cymysgfa ydyn ni'r Cymry, fel pob cenedl arall."

"Beth oedd pwrpas y trais felly?" holodd Elliw yn drist.

"Yn union! Pa bwynt sydd i drais?" holodd Efa.

"Mae teithiwr yn dibynnu ar garedigrwydd felly," meddai Elliw, gan adleisio Efa.

Roedd Efa yn fud.

"A theithiwr ydw i," meddai Elliw.

"Ie, teithiwr wyt ti," cytunodd Efa.

Myfyriodd Elliw ar ei sefyllfa cyn dweud, "Ond ry'n ni i gyd yn deithwyr ar rai adegau yn ein bywydau ac felly, ry'n ni i gyd yn dibynnu ar garedigrwydd."

Torrodd Efa ar fyfyrdod Elliw drwy ddweud, "Dw i'n falch ohonot ti."

"Fi?" gofynnodd Elliw. "Dw i ddim wedi gwneud dim byd. Wel, dim byd hyd yn hyn."

"Mae gen ti galon gynnes," meddai Efa.

Ond roedd Elliw wedi dechrau amau rhywbeth.

"Oedd hyn oll yn fath o brawf arna i heno felly, i weld sut byddwn i'n ymateb?"

"Rwyt ti yn Abertawe ac ro'n i eisiau adrodd stori Abertawe wrthyt ti. Dim byd arall. Ond…"

"Ond?" holodd Elliw.

"Mae gen i reswm, wel mwy o resymau bellach, i fod â ffydd ynot ti."

Ymdawelodd Efa eto a thybiai Elliw fod ei thaith ar ben.

"Pob dim wedi gorffen nawr, 'te?" gofynnodd Elliw yn betrus.

"Be? Wedi gorffen dy daith?"

"Gwibdaith!" ebychodd Elliw gan chwerthin.

"Sori! Ond dwyt ti prin wedi ei dechrau eto."

"Faint fydd yr holl daith yn para, 'te?"

"Mae'n dibynnu. Wythnos, ychydig yn fwy, falla."

"Yn dibynnu ar beth?"

"Yn dibynnu arnat ti. Sut byddi di'n ymdopi."

Gallai Efa fod yn ofnadwy o amhendant, meddyliodd Elliw.

"Ro'n i yn fy nagrau heno wrth weld y Gwyddelod. Fydd yr holl siwrne fel hynny?"

"O, na… na." Clywodd Elliw ansicrwydd yn llais Efa.

"Ga i ofyn rhywbeth arall?"

"Wrth gwrs."

"Roedd y bobl ar y trên fel petaen nhw mewn perlewyg. Oedden nhw fel y bobl ar y traeth? Oedden nhw'n bobl go iawn?"

"O, sut galla i esbonio… ti sydd yn y darlun ar hyn o bryd, arnat ti y mae'r ffocws ac maen nhw yn y cefndir."

"Ocê… ond pam fi? Ydw i mor bwysig â hynny?"

"Rydyn ni i gyd yn arwyr yn ein stori'n hunain. Os ydyn ni'n lwcus, down yn arwyr i bobl eraill ac yn rhan o'u stori nhw hefyd."

"Ydych chi'n sylweddoli nad ydw i'n deall hyn o gwbl?"

"Ydw. Ond rwyt ti mor bwysig."

"Wir? Fi? I bwy?"

"I'r bobl fydd yn dysgu amdanat ti."

"Wel, beth fyddwn ni'n wneud nesa? I ble nesa?"

"Mi ddoi di i ddeall cyn bo hir, ond dylet ti fynd i'r gwely rŵan."

"Does dim byd 'da chi i'w ddweud am fory?"

"Ti angen cwsg."

6

Efa

Pan fyddwn ni'n teithio, byddwn yn gorfodi'r byd i fynd heibio i ni. Beth rydyn ni'n ei weld? Cynefinoedd pobl eraill, neu gynefinoedd nad ydyn nhw'n perthyn i unrhyw un, megis y cefnfor a'r anialwch. Lathen wrth lathen rydyn ni'n gwthio'r hyn sy'n gydnabyddus i ni yn ôl i'r gorffennol. Odysseus, Bilbo Baggins, Luke Skywalker. Teithio, trwy amser. Anifeiliaid crwydrol â meddyliau aflonydd ydyn ni. Drosodd a throsodd, byddwn ni'n adrodd storïau sy'n dilyn yr arwr ar ei daith hyd at ei frwydr olaf. Allen ni fynd i gyfeiriad newydd? Oes 'na drywydd arall mae arwres ein stori ni'n gallu ei ymchwilio? Dyma Elliw, arwres yn hytrach nag arwr arall a diolch i'r drefn am hynny! Meibion yn chwilio am eu tad, ac yn lladd ambell berson ar y ffordd? Dim diolch! Oes rhaid brwydro er mwyn deall y byd yn well? Beth am ferch heb arfau? Pam lai?

Bydd y teithiwr yn dibynnu ar garedigrwydd dieithriaid. Dysgais hyn, fel llawer o bethau eraill roedd angen i mi eu dysgu o dro i dro. Ond, fel y dywedais wrth Elliw, rydyn ni i gyd yn dibynnu ar garedigrwydd pobl eraill rywbryd. Yn ifanc, mewn salwch neu mewn henaint, mae angen pobl eraill arnom ni i gyd. Tybed ydy ffoaduriaid yn dibynnu mwy ar garedigrwydd eraill na neb arall? Ymfudodd y Cymry i gymaint o wledydd, a daeth estronwyr i Gymru ers tro byd. Pam ei bod hi mor anodd croesawu mewnfudwyr?

Am Elliw mae'r stori hon. Ydw i'n deg â hi? Gaiff hi ei thrin fel y Gwyddelod a ffodd rhag y newyn? Rwy'n pryderu amdani. Mae hyn yn anos nag o'n i'n ei ddisgwyl.

7
Mrs Prydderch

Deffrodd Elliw o'i chwsg. Mwynheai gynhesrwydd ei hystafell yn Abertawe ac roedd yn edrych ymlaen at ei brecwast. Ond, yn hytrach na bod yn ei hystafell wely, roedd hi erbyn hyn yn ei chadair ar ochr y ffordd allan yng nghanol cefn gwlad. Roedd Gwenno'n syllu arni fel tasai hi wedi bod yn aros yn hir amdani. Sylwodd Elliw fod ei bag ganddi ac nad oedd gormod o chwant bwyd arni. Ai yma y deffrodd hi? Hwyrach iddi ddeffro yn y gwely, cael brecwast yn Abertawe ac wedyn cyrraedd yma, a'i bod wedi anghofio am y pethau hynny. Sut gallai fod yn siŵr?

"Gwenno?" meddai Elliw, er bod ei ffrind eisoes yn rhoi sylw iddi.

"Pa fath o berson sy'n dihuno mewn lle gwahanol i'r lle'r aeth i gysgu ynddo?"

Doedd dim ateb gan Gwenno.

"Ma'r cwestiwn yn un da, on'd yw e?"

Edrychodd Gwenno o'i chwmpas. Roedd y sefyllfa'n debyg i'r hyn a ddigwyddodd ar y traeth yn Aberafan. Cyrhaeddodd Elliw yno heb fod yn hollol siŵr beth oedd wedi digwydd cynt, ac felly, doedd hi ddim wedi cynhyrfu gormod. Ar y traeth, ymddangosai popeth braidd yn newydd iddi hi. Roedd ganddi atgofion, ond roedden nhw mor bell yn ôl fel nad oedd yn sicr a oedden nhw'n atgofion go iawn. Cofiai Elliw am yr hufen iâ, ond doedd y digwyddiadau eraill ddim mor glir. Byddai hufen iâ yn frecwast dymunol, ond wyddai hi ddim ble'r oedd hi a doedd dim un siop i'w gweld yn unman. Y tro hwn, roedd yr amgylchiadau'n wahanol. Amser i bwyso a mesur y sefyllfa, meddyliodd Elliw, a throi ei sylw at yr her newydd. Roedd yng nghwmni Gwenno a hynny'n arwydd da. Ymlaen! Ymlaen! Ond i ble?

Âi ceir heibio i Elliw a Gwenno'n ysbeidiol – yn rhy gyflym i deimlo'n gyfforddus ar ymyl y ffordd. Ciliodd y ddwy rhag y chwa o wynt a gododd wrth i lorri enfawr ruthro heibio iddyn nhw, cyn iddi chwilio am rywle tawel. Ond cyn i Elliw benderfynu dim, sylwodd ar ei ffôn a gweld neges ynddo.

"Pan gwrddi di â Mrs Prydderch, gofyn iddi lle dw i wedi gadael y goriad bach ar gyfer hen gwpwrdd fy nain. Dw i'n methu â'i agor. Diolch! Efa."

Mrs Prydderch? Pwy yw hi, meddyliodd Elliw a rhoi'r neges yn y blwch yn ei phen sydd â label yn dweud 'Pethau nad ydw i'n eu deall'.

Roedd Gwenno'n dal yn amyneddgar. Brefodd er mwyn tynnu sylw Elliw.

"Iawn, Gwenno," meddai Elliw. "'Sgen ti awgrym?"

Er na allai Gwenno ddweud gair, crafodd ei charnau ar y ddaear. Roedd ganddi bethau eraill i'w gwneud, meddyliodd Elliw. Roedd eu sefyllfa'n ddirgelwch ac edrychodd Elliw o'i chwmpas. Pam fan hyn? Doedd dim byd o ddiddordeb ar y briffordd, a dim awgrym i ba gyfeiriad y dylen nhw anelu. Ar wahân i'r briffordd, roedd 'na hewl fach yn mynd i gyfeiriad y môr. Siawns mai hwnnw oedd y llwybr cywir.

"Fan'na?" gofynnodd Elliw i Gwenno.

Edrychodd Gwenno'n ofalus am geir cyn dechrau croesi'r briffordd tuag at yr hewl fach.

"Gallet ti fod wedi dweud wrtha i'n gynt!" meddai Elliw a dilyn y ddafad.

Cyn bo hir teimlai Elliw yn fwy hyderus eu bod yn dilyn y llwybr cywir. Ni allai egluro'r rheswm, ond efallai fod gan y byd raen, fel sydd gan bren a charreg. Yn yr heulwen roedd yn hawdd credu eu bod nhw'n dilyn graen y byd, y llwybr arfaethedig, llinell y grisial. Roedd y blodau gwyllt yn hyfryd yn y gwrychoedd a go brin y bydden nhw'n ei thwyllo, gan eu bod yn ymddangos mor ddiniwed. Felly, roedden nhw ar drywydd yr anturiaeth fawr bellach. Er bod Elliw yn sicr o hynny, wyddai hi ddim pa ardal roedden nhw ynddi. Cyn pen dim, gallent weld y llwybr o'u blaen yn nadreddu i gyfeiriad y môr. Bae Ceredigion, dyfalodd Elliw, er nad oedd hi'n gallu esbonio pam.

Wrth iddyn nhw ddilyn y llwybr, cafodd Elliw gipolwg ar fwthyn ar ymyl clogwyn a daeth yn amlwg iddi mai hwnnw oedd pen eu taith y diwrnod hwnnw. Uwchben y bwthyn ymrithiai cymylau gaeafol. Wrth iddi agosáu, teimlai'r awyr yn oerach ac eira'n bygwth.

Craffodd Elliw ar yr adeilad oedd yn fwy o adfail nag o gartref. Roedd y paent wedi plicio oddi ar y ffenestri, pren y bondo wedi pydru, y cafnau'n rhydd a doedd y to ddim yn edrych yn ddiogel o gwbl. Y drws oedd yr unig ran o'r tŷ a ymddangosai'n gadarn. Wrth weld ei gyflwr, amheuai Elliw a oedden nhw wedi cyrraedd y lle cywir. Pan oedd ar fin cnocio, clywodd Elliw lais anghyfarwydd o'r tu ôl iddi, llais rhywun mewn tipyn o oed, ond eto i gyd, llais pendant. Trodd yn ei hunfan a gweld ffigwr bregus yn sefyll o flaen y bwthyn yn edrych fel pe bai'n disgwyl amdanynt.

"Mrs Prydderch?" gofynnodd Elliw.

"Ie," meddai'n swta. "Oeddet ti'n disgwyl rhywun arall?"

"O, nag oeddwn," meddai Elliw, braidd yn nerfus.

"Wel, dere miwn, 'te."

Ochneidiodd Elliw. Braidd yn oeraidd oedd croeso Mrs Prydderch ac roedd gwir angen amser arni i adfer ei hegni, wedi i gymaint o bethau annisgwyl ddigwydd. Diolch byth, ni chlywodd yr hen wraig ei hochenaid. Cafodd Elliw gryn drafferth i symud ei chadair dros drothwy'r bwthyn. Bu'n rhaid i Mrs Prydderch roi help llaw iddi, ond gan fod yr hen wraig mor wantan, Gwenno a roddodd y cymorth mwyaf drwy wthio o'r tu cefn. Dilynodd Gwenno Elliw i mewn i'r bwthyn ond gwgodd Mrs Prydderch gan gyfarth bron arni, "Mas â ti'r hen ddafad o'r tŷ 'ma. Y cae yw dy le di!" Stopiodd Gwenno am eiliad cyn ufuddhau a mynd yn ôl ar hyd y llwybr a rownd y gornel. Erbyn hyn câi Elliw ei synnu pan allai rhywun weld Gwenno. Ond doedd hi ddim yn pryderu am ei chydymaith, gan ei bod yn ddafad ddyfeisgar.

Dilynodd Elliw Mrs Prydderch i gegin fach y bwthyn, ystafell anniben ond cyfforddus. Roedd yn orlawn, pob silff yn gwegian o dan grochenwaith, addurniadau, papurau, llyfrau, a fframiau darluniau, a orchuddiai bob arwyneb. Allai Elliw ddim amgyffred olion bywyd cyfnod mor faith. Dyfalodd mai yn y tŷ hwn y cafodd Mrs Prydderch ei geni. Holodd yr hen wraig am hyn, ond ni chafodd ymateb. Nid oedd yn siŵr a oedd Mrs Prydderch wedi'i chlywed, ond roedd yn amau ei bod wedi penderfynu peidio â'i chlywed. Eisteddodd Mrs Prydderch ar yr unig gadair, ac arllwysodd de o'r tebot porslen blodeuog oedd ar y bwrdd yn barod. Yn barod ar gyfer ei hymwelydd, meddyliodd Elliw, heb lawer o syndod.

Gosododd Elliw ei chadair olwyn wrth y bwrdd, gyferbyn â Mrs Prydderch, a gwthiodd hithau gwpanaid iddi gan ddechrau siarad.

"Oes neges 'da ti i fi?"

"O... oes."

"Beth yw'r neges, 'te?" holodd yr hen wraig.

"Mae Efa'n gofyn ble mae'i hallwedd i agor cwpwrdd ei mam-gu."

"Dwed wrthi 'i bod hi y tu ôl i'r gloch."

"Iawn." Ond roedd ymateb Elliw yn rhy ansicr i Mrs Prydderch.

"Cofia, nawr!"

"Gwnaf, wir. Ond..."

"Ond beth?"

"Shwd y'ch chi'n gwbod lle mae allwedd Efa, er nad yw hi'n gwbod?"

Meddyliodd Mrs Prydderch am yn hir, ond ddaeth dim ateb o'i genau.

"Beth sy'n digwydd?" mentrodd Elliw holi.

"Dw i ddim yn deall."

"Beth fydd yn digwydd i fi?"

"Mae'n anodd egluro," atebodd Mrs Prydderch heb wir ystyried teimladau Elliw.

"Dyna beth ddwedodd Efa, ond dyw hynny ddim llawer o help i fi."

Myfyriodd Mrs Prydderch.

"Wyt ti'n ymdopi?" holodd Mrs Prydderch yn swta.

"Ymdopi?" adleisiodd Elliw.

"Ie, ymdopi."

"Pam?"

"Os wyt ti'n ymdopi, does dim byd i'w ddweud. Dyna'i diwedd hi!"

Dyna derfyn ar y pwnc yna, meddyliodd Elliw, felly gwell ei adael. Roedd yn amlwg ei bod hi wedi cyrraedd byd yn llawn dirgelion. Penderfynodd holi am rywbeth arall.

"Ga i aros yma heno?"

Pwyntiodd Mrs Prydderch i gyfeiriad drws caeedig. "Dyna dy stafell di, yn fan'na."

"Diolch, diolch yn fawr iawn. Ddylwn i dalu i chi am gael aros 'ma?"

Gwgodd Mrs Prydderch, ond chafodd Elliw ddim ateb i'w chwestiwn, er iddi ateb cwestiwn a holodd cynt.

"Ry'n ni'n gorgyffwrdd. Mae hi wedi gadael atgofion 'da fi."

Mae hi'n siarad am Efa, meddyliodd Elliw. All pobl orgyffwrdd? Unwaith eto, sylweddolodd Elliw fod yr hen wraig yn cuddio rhan o'r gwirionedd rhagddi. Doedd dim digon o amser i feddwl am arwyddocâd datganiad mor aneglur.

Heb unrhyw wahoddiad datganodd yr hen wraig, "Mae'n bryd i fi adrodd 'yn hanes." Sylweddolodd Elliw mai gwrando ar hanes Mrs Prydderch oedd pwrpas ei hymweliad â'r bwthyn, felly trodd ei phen ati a syllu i'w hwyneb. Am y tro cyntaf, sylwodd pa mor hen oedd Mrs Prydderch. Ysbryd cryf mewn corff wedi crebachu'n llwyr oedd hi. Roedd ei chroen bron yn dryloyw, fel petai'n araf ddiflannu.

"Cer at y ffenestr. Yr un fan 'na."

Symudodd Elliw ei chadair olwyn yn ofalus ar draws llawr pridd y gegin. Er syndod, gwelodd pa mor agos i'r bwthyn oedd ymyl y clogwyn uchel. Tua phymtheg metr i lawr, gwelodd draeth caregog ac roedd yn amlwg iawn bod y clogwyn yn erydu. Gallai Elliw ddychmygu effaith storm fawr ar y clogwyn a'r bwthyn. Roedd y tonnau oer yn amyneddgar am y tro, ond byddai'r adeilad yn wynebu ei dranc yn fuan iawn gan na fyddai'r môr yn fodlon ei weld yn aros am byth.

"Dw i bron yn gant oed," ochneidiodd hi. "Yn bedwar ugain a deunaw mlwydd oed." Mwynhaodd Elliw glywed y rhifau'n cael eu hynganu ac amneidiodd yn fodlon.

"Morwr oedd fy nhad, a arferai hwylio cwch pysgota o Geinewydd." Roedd y geiriau hyn fel agoriad araith wedi'i pharatoi'n ofalus. Daeth i feddwl Elliw fod rhyw deithiwr arall wedi clywed yr araith hon eisoes. Er i Mrs Prydderch ymddangos yn wraig galed ar y cychwyn, roedd yr hen wraig fel petai'n dod yn fwynach a hyd yn oed yn swnio'n ddoniol, wrth iddi adrodd hanes ei bywyd.

Clywodd Elliw am ddigwyddiadau trist, yn ogystal ag atgofion hapus. Clywodd am farwolaeth Twm ei brawd ac yntau ond yn saith oed, er nad oedd neb yn cofio amdano erbyn hyn, heblaw am Mrs Prydderch. Dynwaredodd yr hen wraig acenion hen bobl y pentref fel Mr Petanuzzo, a fyddai'n siarad Cymraeg gydag acen Eidalaidd. Siaradodd am Mrs Rae Richards, Merched y Wawr, Cwnstabl Talbot-Williams y plismon a phobl niferus eraill. Wrth iddi ddynwared llais Cwnstabl Talbot-Williams, ymddangosai Mrs Prydderch mor fywiog â merch ifanc. Ond nid oedd ganddi ddigon o egni i barhau ac ymhen tipyn fe ymdawelodd. Ceisiodd ailddechrau, ond roedd ei hewyllys wedi diffygio, a'r geiriau wedi pallu. Anadlai'n araf. Roedd yn amlwg fod ganddi rywbeth arall i'w ddweud ac arhosodd Elliw yn amyneddgar i glywed mwy ganddi.

"Mae'r tŷ yn cofio mwy na fi. Daeth pob un ohonyn nhw i'r tŷ hwn. Ysbrydion ydyn nhw bellach ond mae'r tŷ'n eu cofio."

Myfyriodd Elliw gan edrych o'i chwmpas. Bydda i'n hen rywbryd, meddyliodd. Beth fydda i'n ei gofio erbyn hynny? Gwelodd hen ffotograff o blismon hen ffasiwn yn gafael mewn beic. Roedd yn dal a safai'n falch o'i statws. Cwnstabl Talbot-Williams ydoedd yn ôl pob tebyg. Gallai Elliw ddychmygu ei lais, gan iddi glywed dynwarediad Mrs Prydderch. Ond roedd y ffotograff wedi pylu a meddyliodd Elliw tybed pa mor hen oedd y ddelwedd. Edrychodd o'i chwmpas eto a sylweddoli bod cysylltiadau yn y stori â phopeth oedd yn y gegin, pob darn o grochenwaith, a phob darlun. Trysordy oedd y tŷ, yn llawn atgofion. Deallodd wedyn pam fod y tŷ yn cofio mwy na Mrs Prydderch ei hunan.

"Peth hynod o greulon yw amser!" Torrodd Mrs Prydderch ar draws meddyliau Elliw gan ymddangos yn ddig bron.

"Roeddwn i'n ferch dlos, unwaith, fel ti," meddai'n uchel iawn cyn ymlonyddu. Eisteddodd y ddwy mewn distawrwydd annifyr wedyn.

Am y tro cyntaf, clywodd Elliw sŵn y cloc yn tician mewn stafell arall yn y bwthyn. Roedd pob eiliad yn nesáu at y diwedd, pob eiliad yn nes at oerni'r môr, dyna oedd ystyr y tician. Daeth ychydig o gryndod dros Elliw. Yna, ceryddodd ei hun am fod yn drist. Roedd hi'n ifanc a doedd y môr ddim ar ei gwarthaf hi. Roedd antur i'w chael, ac nid y tŷ llwm, gaeafol hwn oedd diweddglo ei phrofiadau hi.

Yna, sylweddolodd fod Mrs Prydderch yn pendwmpian yn ei chadair. Drwy ffenestr arall y gegin, gallai Elliw weld cae yr ochr arall i'r bwthyn lle'r oedd Gwenno'n pori. Roedd iet y cae ar gau, ac felly doedd hi ddim yn amlwg sut yr aeth Gwenno i mewn iddo. Ond doedd dim byd yn synnu Elliw bellach.

Roedd yn rhaid i Elliw wneud yn siŵr fod yr ystafell ymolchi a'r toiled yn addas iddi. Mor dawel â phosib, aeth i weld yr ystafell ymolchi ac roedd popeth wedi ei addasu i'r hen wraig fregus a sylweddolodd Elliw y byddai'n gallu ymdopi â'r addasiadau. Roedd yn rhoi ei ffydd yn Efa.

Yna, tynnodd ei ffôn o'i sach deithio ac ysgrifennu neges. "Mae'ch allwedd y tu ôl i'r gloch."

Wedi ystyried, teimlai Elliw ei bod yn hoffi Mrs Prydderch, er gwaethaf ei gwgu. Syllodd ar y sgrin a phwyso'r botwm *Send*.

———

Deffrodd Elliw yn teimlo'n hapusach, er bod haenen o rew tu allan i'r ffenestr. Teimlai ychydig yn ddiog, felly suddodd yn ôl i gysur y gwely, yn mwynhau'r ffaith iddi ddeffro lle'r aeth i gysgu.

Daeth cyfle i'w meddyliau grwydro a gwneud synnwyr o'r diwrnod cynt. Chwiliai am batrwm neu bwrpas i'r digwyddiadau. Gwelai rai themâu cyffredin ar ei thaith, ond beth oedd y cynllun mawr? Oedd cartref yn thema? Oedd cofio'n thema? Beth oedd y cysylltiad rhyngddynt? Llithrodd yn ôl i gysgu'n ysgafn, ac eto roedd ei chwsg yn ddigon trwm iddi droi at freuddwydio.

Yn ei breuddwyd, daeth cwestiwn pwysig a fu'n cuddio yng nghysgodion ei meddwl i'w phlagio. Pam tybed fod y cwestiwn wedi ymddangos o'i guddfan yn awr? Ble yn y byd y gallai ddod o hyd i fachgen ifanc oedd yn chwilio am gariad a hithau mewn cadair olwyn? Weithiau byddai llygaid bechgyn yn rhoi cip cyflym i'w chyfeiriad, ond yna yn ei hanwybyddu, heb gydnabod ei bodolaeth hyd yn oed. "Ti ddim isie bachgen o'r math yna, ta beth," dywedai ei mam wrthi. Ond nid oedd wedi llwyddo i ddod o hyd i fath arall o fachgen, chwaith. Byddai'n rhaid iddi roi'i hofnau yn ôl yn eu cuddfan tan y bore. "Bore da, Elliw," sibrydodd.

Tawel iawn oedd Mrs Prydderch yn ystod brecwast. Roedd yr hen wraig yn ymddangos ymhell i ffwrdd ac roedd yn amhosib gwasgu dim ond sylwadau swta ganddi er iddi siarad mor rhydd ac mor gynnes y noson cynt. Wedi gweld hyn, teimlai Elliw y dylai gychwyn ar ran nesaf ei siwrne, ond petrusai rhag ofn y byddai Mrs Prydderch yn awgrymu pryd y dylai ymadael.

Yn y diwedd, torrodd Elliw ar y tawelwch.

"Pryd dylwn i adael?"

Aeth Mrs Prydderch tuag at y drws, ac awgrymu mai nawr oedd yr ateb i'r cwestiwn. Roedd Elliw ar fin ei dilyn, ond yna cafodd syniad. Cyn iddi fynd, tynnodd ei sbectol haul o'i bag, a'i gadael ar y bwrdd. Diolch byth, welodd Mrs Prydderch mohoni yn gwneud hynny. Byddai'r canlyniadau'n ddiddorol.

Roedd gadael y tŷ yn haws na'r drafferth a gafwyd wrth ddod i mewn, gan fod y stepen drws yn uwch na'r llwybr y tu allan. Mor falch oedd Elliw wrth weld Gwenno'n pori yn yr ardd, ac aeth at ei ffrind gwlanog. Taflodd gipolwg ar y cymylau oer yn hofran uwchben y tŷ. Yna clywodd sŵn bygythiol. Nid sŵn taran ydoedd yn union, ond rhyw drwst a ddaeth o gyfeiriad y môr. Mae'r oes yn dod i ben yn fan yma, meddyliodd Elliw gan wrando ar y sŵn bygythiol. Ai dyma'r tro olaf y byddai'n gweld yr hen wraig a hithau'n teimlo rhyw hoffter tuag ati erbyn hyn? Trodd Elliw.

Wedi troi sylweddolodd Elliw nad oedd hi bellach o flaen tŷ Mrs Prydderch. Roedd ei bywyd wedi symud ymlaen eto. Ble aeth y cyfnod rhwng bod yng nghwmni Mrs Prydderch a nawr? Ble'r oedd hi bellach? Roedd y cyfan mor gythryblus.

8

Efa

Pwy bynnag sy'n aros gartref, er hynny, bydd honno'n teithio, drwy grwydro mewn amser yn casglu atgofion, cofroddion y daith.

Rydyn ni'n credu ein bod ni'n byw mewn presennol parhaol, ond pe baen ni'n edrych yn ôl, cipluniau fydden ni'n eu gweld. Wyt ti'n cofio'r parti mawr? Wrth gwrs, ond beth gest ti i ginio'r diwrnod canlynol? Wyt ti'n cofio'r gusan 'na? Wrth gwrs, ond beth wyt ti'n ei gofio am y bore hwnnw?

Mae 'na ffeithiau y byddaf i'n eu cofio am byth: f'enw i, fy nghartre, fy nghariad cynta, lliwiau'r nen uwchben Pen Llŷn. Ond profiadau? Alla i ddim cofio'r hyn a ddigwyddodd yr wythnos ddiwetha. Tasai rhyw blismon yn gofyn i mi, "Ble'r oeddet ti ar y pymthegfed o Orffennaf y llynedd?" byddwn i'n ateb, "Dw i'm yn cofio." Roedd popeth mor ddwys pan ddigwyddodd, ond bellach dim ond olion fy mywyd sy'n parhau.

Clytwaith o argraffiadau yw ein hatgofion felly, wedi eu gwnïo at ei gilydd yn anhrefnus. Rywsut bydd y presennol yn cael ei dorri'n ddarnau yn ein hatgof ac mae'n rhaid i ni hel y darnau at ei gilydd er mwyn creu ein hunaniaeth. Ond o'r clytwaith hwn a'r tyllau ynddo, rwyf wedi creu fi fy hun.

Elliw? Mae'n rhaid iddi gydgysylltu ei hatgofion er mwyn ei chreu hi ei hun. Mae'n rhaid iddi ddod o rywle. Mae angen mam arni hi o leiaf. Enfys yw mam Elliw. Pa fath o fam ydy hi?

9
Enfys

Roedd yr olygfa ar draeth Aberafan tua blwyddyn yn y dyfodol. Gwenai'r haul yn ddymunol, ond nid yw hynny'n ddigon i beri i'r dydd barhau yn y cof, wrth gwrs. Ond byddai'r ddwy yn cofio'r munudau hynny am byth ac yn anghofio gweddill y diwrnod. Sylweddolodd Enfys nad oedd hi wedi gweld Elliw ers y bore, ac roedd hi'n tynnu at dri o'r gloch. Aeth i chwilio am ei merch.

Daeth Enfys o hyd i Elliw yn yr ardd a Gwenno yr ochr arall i'r ffens yn gobeithio cael sylw. Roedd yn amlwg bod Elliw'n drist pan eisteddodd Enfys mewn cadair gardd wrth ei hochr. Ambell waith, aros mewn tawelwch yw'r peth mwyaf caredig ac roedd Enfys yn fodlon aros nes byddai Elliw'n barod i ddweud beth oedd yn ei phoeni. Sylweddolai Enfys fod rhywbeth o'i le ar Elliw. Credai ei bod yn rhannu'r un gyfundrefn nerfol â hi, gan y gallai ymdeimlo â'i phoen a'i llawenydd cystal â'i theimladau hi ei hun. Proses unffordd ydoedd, gan na fyddai Elliw yn meddwl cymaint am deimladau ei mam. Mae angen i bobl ifanc ganolbwyntio ar gyfeiriad eu bywydau er mwyn eu deall eu hunain. Ond eto, doedd Elliw ddim yn ddibryder am ei mam, ac roedd eu perthynas fel y dylsai fod o ystyried oedran Elliw.

Wrth iddi aros wrth ei hymyl, gwrandawai Enfys ar yr adar ac ar frefiadau ysbeidiol y defaid.

Ymhen hir a hwyr, sibrydodd Elliw, "Mae cariad 'da Glesni."

Ochneidiodd Enfys yn dawel a llyncu. Roedd hi wedi bod yn disgwyl i hyn ddigwydd.

"Pwy?"

"Rhodri Davies."

"Mae e'n hŷn na hi, on'd ydy e?"

"Ydy. Mae hi isie siarad amdano fe drwy'r amser. Dyw hi ddim yn sylweddoli na wnaiff y berthynas barhau. Un digon twp yw e, a deud y gwir."

Roedd 'na saib hir, gan adael i'r frawddeg hongian yn yr awyr.

"Mam," meddai Elliw.

Aeth y gair drwy Enfys fel saeth. Roedd Elliw yn cadarnhau ei bod yn barod i wrando ar ei mam. Dechreuodd Enfys siarad, a dweud y geiriau angenrheidiol, y geiriau na fyddent yn newid dim byd am y tro, er bod angen i Elliw eu clywed.

"Fe gei di gariad, ac un fydd yn llawer gwell na Rhodri Davies."

Bu'r ddwy'n siarad am fechgyn golygus, anaeddfed fel Rhodri Davies, rhai nad oedden nhw'n werth trafferthu amdanynt, a hynny o dan gysgod cadair olwyn Elliw, er nad oedd y naill na'r llall wedi sôn am ei hanabledd. Gan nad oedd hi'n cael digon o sylw aeth Gwenno i bori. Yn y pen draw, roedd Enfys wedi gwneud yr hyn y dylai mam dda ei wneud, heblaw am dorri i lawr i grio'n hidl.

Does dim rhiant perffaith yn bodoli, ond ar sail munudau clòs fel hyn gallai Elliw adeiladu ei bywyd. Dyna Enfys felly.

10
Pawel

Roedd Pawel yn weithiwr bodlon, er ei fod braidd yn anfodlon siarad â chwsmeriaid yn y siop nwyddau tŷ. Yr unig reswm am hyn oedd ei acen Saesneg. Gallai pawb glywed dylanwad yr iaith Bwyleg ac ambell waith byddai hynny yn tynnu sylw anghyfeillgar. Dysgodd beidio ag ymateb i'r cwestiwn, "Be ti'n wneud yn 'y ngwlad i?" Saesneg oedd iaith y cwestiwn, gan amlaf, a Sais yn byw yng Nghymru'n aml oedd yr holwr, er nad bob tro. Bygythiadau a rhegfeydd oedd y canlyniad, gan amlaf. Ond ni wyddai'r bobl hyn fod Pawel yn siaradwr Cymraeg rhugl. Wedi cyrraedd Cymru, yn ddwy oed, siaradai Pawel Bwyleg â'i rieni a Chymraeg â'i ffrindiau yn yr ysgol Gymraeg ac felly prin y byddai'n cael cyfle i ymarfer ei Saesneg. Roedd yn beryglus iddo sgwrsio yn Saesneg felly, ac roedd yn well ganddo lenwi'r silffoedd a symud blychau na gweithio ar y til, lle'r oedd yn rhaid iddo siarad â'r cwsmeriaid. Roedd ei reolwr yn ymwybodol o'r broblem ac, fel dyn rhesymol oedd yn hoff o'r gŵr ifanc, gadawai i Pawel weithio heb orfod siarad â'r cyhoedd.

Fyddai'r bobl oedd yn gweld Pawel yn mynd a dod ar hyd Lôn Cambria ddim yn sylwi arno bron, ond o graffu, roedd yn olygus. Roedd ganddo wallt du a chroen gwelw ond ei lygaid fyddai'n tynnu sylw'n gyntaf. Er bod Pawel yn ddyn ifanc hollol onest, roedd lliw ei lygaid braidd yn dwyllodrus. Glas cynnes oedden nhw, nid gwelwlas, nid glas y tân na glas tanbaid, ond yn debycach i las y nen plentyndod. Byddai'n hawdd credu bod rhywun â llygaid mor hynod yn falch o'i edrychiad. Ond rywsut câi pobl eu camarwain gan ei lygaid. Llanc swil, tawel oedd Pawel a dim ond y rhai oedd yn ei adnabod fyddai'n gweld ei wên garedig.

———

Ar brynhawn cynnes o wanwyn edrychodd Elliw o'i chwmpas. Prin oedd y bobl ar y promenâd er bod yr heulwen yn gynnes ar ei gwar. Edrychai'r môr yn fywiog ac roedd seiniau gorfoleddus y tonnau yn codi ei chalon ifanc. Roedd Elliw wedi dychwelyd o'r gaeaf tragwyddol a fodolai o gwmpas tŷ Mrs Prydderch ac roedd yn barod am hwyl. A dyma hi yn Aberystwyth, tre a adwaenai.

Troi i gael cipolwg ar Mrs Prydderch oedd y peth olaf a gofiai Elliw cyn iddi lanio yn Aberystwyth. Gadawsai Abertawe yn ddirybudd ac felly doedd cyrraedd Aberystwyth heb gael rhybudd ddim yn hollol annisgwyl. Onid oedd wedi gofyn i Gwenno, "Pa fath o berson sy'n deffro mewn lle gwahanol i'r lle yr aeth i gysgu?" Ond roedd wedi cyrraedd Aberystwyth pan nad oedd yn cysgu! Holodd Elliw gwestiwn gwahanol i Gwenno:

"Pa fath o berson sy'n byw'n ysbeidiol, gyda bylchau yn ei hymwybyddiaeth?"

Rhywun sy wedi anafu ei hymennydd? O ystyried ei damwain, roedd hynny'n bosibl. Trodd i edrych ar Gwenno. Er bod y ddafad fel petai'n ystyried ei chwestiwn, allai hi ddim cynnig ateb. Bu'n myfyrio am hynny tan iddi deimlo rhywbeth yn bwrw yn erbyn cefn ei chadair olwyn. Trodd a gweld Gwenno a'i hwyneb yn llawn gobaith. Edrychai Gwenno i gyfeiriad pen draw'r promenâd, lle gallai weld y borfa ar Graig Glais.

"Ti isie rhywbeth i'w fwyta, 'te?"

Pranciodd Gwenno i gyfeiriad y bryn ac Elliw yn ei dilyn mor gyflym ag y gallai. Fodd bynnag, pan gyrhaeddodd y ddafad waelod y clogwyn, trodd i wynebu Elliw, gydag ystumiau a ddywedai'n glir, "Paid â fy nilyn i ymhellach". Doedd gan Elliw ddim gobaith mynd lan y llwybr llethrog p'run bynnag.

"A' i i edrych am westy. Fyddi di'n iawn?"

Llygadodd Gwenno hi'n amyneddgar fel petai'n dweud "wrth gwrs", a dechrau dringo at y borfa fwyaf blasus.

"Ocê," gwaeddodd Elliw ond doedd Gwenno ddim yn gwrando, roedd hi'n pori'n braf ar y llechwedd.

Aeth Elliw yn ôl ar hyd y promenâd gan chwilio am westy addas. Asesodd broblemau mynediad pob adeilad, er y byddai parodrwydd y staff i'w helpu'n bwysicach, wrth gwrs. Roedd digon o arian ganddi, beth bynnag. Dewisodd westy a ymddangosai ychydig yn ddrud, ond roedd y gloch o fewn ei chyrraedd. Canodd hi ac aros yn nerfus cyn i'r drws agor.

O'i blaen roedd dyn hŷn na hi, dau ddeg wyth oed, efallai? Tri deg? Gwenodd a gofyn,

"Ar dy ben dy hunan wyt ti?"

Gwnaeth y cyfarchiad i Elliw deimlo'n nerfus, fel unrhyw ferch ifanc arall. Oedd hi'n rhy sensitif? Edrychodd o'i chwmpas am Gwenno, ac wedyn meddyliodd sut y gallai ddweud ei bod yn teithio yng nghwmni dafad na allai'r mwyafrif o bobl ei gweld. Gwibiodd hyn drwy'i meddwl, y math o nerfusrwydd mae anabledd yn ei achosi.

"Ie," meddai. Ond roedd ias y gwanwyn wedi oeri'n sydyn.

⟨~⟩

Gan fod Pawel yn weithiwr parod, gofynnodd y rheolwr iddo aros i gyfrif y stoc ar ddiwedd y dydd. Yn ôl ei arfer, cytunodd Pawel i weithio ar ei ben ei hun am awr. Cyfrifodd y stoc, cymharu'r rhestrau a chofnodi'r gwahaniaeth. Roedd yn fodlon gweithio gan nad oedd llawer i'w wneud yn Aberystwyth yn hwyr y prynhawn a châi gildwrn am ei waith ychwanegol, arian parod yn ôl pob tebyg. Wrth iddo gloi drws y siop, ar ôl cwblhau'r cyfrif, teimlai'n fodlon ei fyd.

Ystyriodd Pawel gerdded i gyfeiriad y promenâd. Ond wedyn meddyliodd pam mynd y ffordd honno, gan fod ei fflat i'r cyfeiriad arall. Beth bynnag, dyna a wnaeth a cherddodd yn sionc heibio'r gwestai, a'r haul isel yn disgleirio ar y chwith iddo. Pe byddai rhywun wedi gofyn i Pawel lle'r oedd yn mynd, ni fyddai wedi gallu ei ateb. Cerddodd tan iddo sefyll o flaen un gwesty arbennig a hynny heb unrhyw reswm penodol o gwbl.

Mesurodd Pawel hyd a lled yr adeilad. Roedd ganddo ddau gwestiwn. Y cwestiwn cyntaf oedd sut i gael mynediad i'r gwesty. Pam ydw i eisiau cael mynediad? Dyna oedd yr ail gwestiwn ac nid oedd ganddo ateb i hwnnw chwaith; dim ond y teimlai y dylai fynd i mewn. Roedd yn rhy nerfus i fynd drwy ddrws y ffrynt, ond gwelodd risiau'n mynd i lawr i'r seler ar ochr yr adeilad. Taflodd gipolwg ar hyd y promenâd, cyn brysio i gyfeiriad y seler. Cerddodd yn ofalus i lawr y grisiau a daeth at ddrws. Gafaelodd yn yr handlen a'i thynnu. Roedd, yn bendant, ar glo. Wrth iddo sefyll yn meddwl beth i'w wneud, tynnodd Pawel ar y drws unwaith eto heb unrhyw wir bwrpas. Y tro hwn, agorodd.

Dringodd y grisiau ac yna, trodd i'r chwith a cherdded drwy'r gwesty nes cyrraedd drws arall. Yr ochr arall i'r drws clywai leisiau uchel, er na allai eu deall. Sylwodd ar liw y paent treuliedig, coch tywyll cyn agor y drws.

Yno, gwelodd Pawel ferch yn ei harddegau gyda gwallt coch cyrliog yn gorwedd ar wely ychydig yn annaturiol. Deallodd Pawel yn syth pam wrth weld y gadair olwyn. Eisteddai dyn ar ochr y gwely a thawelodd hwnnw wrth i Pawel ddod i mewn i'r ystafell. Roedd yr awyrgylch yn fygythiol ac yn beryglus.

"Oo the fuck are you?" gwaeddodd y dyn.

Nid oedd amser gan Pawel i ymateb, cyn i'r ferch dorri ar ei draws.

"He's my boyfriend."

Penderfynodd Elliw siarad Saesneg rhag ofn bod ei 'boyfriend' yn ddi-Gymraeg.

Sylweddolodd Pawel fod y dyn yn fygythiad i'r ferch anabl a chwaraeodd rôl ei chariad, heb betruso dim.

"What's he been doing to you?" gofynnodd yn ddig.

Cododd y dyn ar ei draed, gan ystyried beth ddylai ei wneud.

"Get out o' my fuckin' hotel," bloeddiodd y dyn ar Pawel.

Ond oherwydd bod Pawel wedi gweld y trais yn llygaid ei elyn, gallai ragweld y symudiad. Camodd i'r naill ochr wrth i'r dyn ruthro amdano, a thaflodd ei gorff yn galed yn ei erbyn nes i ben y perchennog daro yn erbyn ffrâm y drws yn swnllyd. Disgynnodd i'r llawr. Er nad oedd yn anymwybodol, doedd arno ddim awydd codi a brwydro.

"Come on," ebe Pawel wrth Elliw, a theimlo swildod oherwydd ei acen, er mai dau air yn unig roeddent wedi'u siarad â'i gilydd.

Gadael cyn gynted â phosib oedd y peth pwysicaf; gwyddai'r ddau hynny. Nid oedd Elliw wedi dadbacio, felly roedd yn hawdd iddi godi'i phac a gadael. Roedd yn anodd symud ei chadair olwyn heibio'r dyn a hwnnw'n dal i riddfan ar lawr. Penderfynodd Pawel gario cadair Elliw o'r ystafell, a'i gadael y tu allan i'r drws. Pan aeth i mewn i'r ystafell eto, ceisiodd y dyn gydio yn ei ffigwrn.

Sathrodd Pawel ar ei law a chlywyd mwy o riddfan. Cododd Pawel Elliw oddi ar y gwely, a rhoddodd ei breichiau o gwmpas ei wddf. Aeth Pawel â hi i'w chadair, ac i ffwrdd â nhw, drwy ddrws y gwesty i'r awyr iach a rhyddid.

Fyddai'r dyn yn galw'r heddlu? Oedd rhaid iddyn nhw ddianc? Gwthiodd Pawel gadair Elliw yn gyflym ar hyd y promenâd nes eu bod yn teimlo'n saff.

"So who are you?" gofynnodd Elliw. "My boyfriend, *fy nghariad*?"

Yng nghanol y cyffro roedd wedi anghofio diolch iddo tan y funud honno.

"Sorry, thank you, thank you so much. *Diolch yn fawr.*"

Roedd Pawel mor ddiolchgar i glywed Cymraeg.

"Ti'n siarad Cymraeg?"

"Os wyt ti'n gariad i mi."

Nid oedd Elliw am fflyrtio. Roedd mor ddiolchgar iddo ond roedd y sefyllfa yn y gwesty wedi'i herio.

"Ti'n gwbod 'mod i wedi dweud dy fod ti'n gariad i fi er mwyn cael dy help? Rhag y dyn afiach 'na?"

Sylwodd Elliw ar wên Pawel am y tro cyntaf.

"Beth yw enw 'nghariad i, 'te?"

"Elliw."

Tawodd Elliw ac aros am ymateb ei hachubwr.

"Elliw." Roedd golwg feddylgar ar wyneb Pawel, ond edrychodd arni a gwenu. "Enw neis."

"Dydyn ni ddim fan'ma ar hap," meddai Elliw, gan geisio peidio â swnio'n rhy ddramatig, wrth iddyn nhw edrych gyda'i gilydd ar y gorwel, o'r castell. Roedd yr haul wedi machlud ond amlinellai'r lleuad lawn y ffin rhwng y môr a'r awyr, a thynnai'r llinell honno eu sylw fel magnet. Gan eu bod nhw'n syllu ar y gorwel, roedd yn haws siarad a chreu agosatrwydd.

"Be ti'n feddwl?"

"Dw i wedi dod yma i ryw bwrpas, ond dw i ddim yn gwbod beth ydy e."

Nid atebodd Pawel, gan ei fod yn dal i ystyried y sefyllfa.

"Sut 'nest ti fy ffeindio i, yn y gwesty?"

Bu Pawel yn pendroni dros hyn yn barod, ond yn aflwyddiannus.

"Es i i'r gwesty. Does 'da fi ddim syniad pam. Roedd e'n reit od."

"Dw i'm yn deall."

"Wnes i gael y teimlad y dylwn i gerdded ar hyd y prom. Pan 'nes i gyrraedd y gwesty, cyrhaeddes i dy ystafell di, rywsut."

Adwaenodd Elliw ddylanwad Efa, ond doedd hi ddim am geisio egluro hynny iddo, rhag i Pawel ofyn cwestiynau anodd iddi.

"Be ti'n neud yn Aber?" gofynnodd Pawel.

Sut gallai hi ddweud? Ddylai hi ddweud? Anadlodd Elliw yn ddwfn a dechreuodd adrodd hanes ei gwibdaith, er bod ei stori'n swnio'n anghredadwy a doedd hi ddim yn siŵr beth fyddai ymateb Pawel i'r hanes.

Nid ymatebodd Pawel, heblaw am ddangos syndod pan ddywedodd Elliw ei bod yn teithio yng nghwmni dafad. Roedd yn fodlon ei chredu, er ei fod yn synnu braidd at ei ymateb ef ei hun. Gwelai ei bod hi'n ferch ddiddorol, a dweud y lleiaf, yn hudol hyd yn oed.

"Be nesa, felly?" gofynnodd Pawel.

"Ti'n gweld bod 'na ryw fath o fwriad yn y stori," mynnodd Elliw.

"Efallai, ond dw i ddim yn deall i ble mae'n mynd."

"Ond mae'n amlwg nad ydyn ni wedi cwrdd ar hap. Ti a fi, ry'n ni yma gyda'n gilydd ac mae hynny'n fwriadol."

"Rhywbeth yn y sêr?" awgrymodd Pawel.

"Falle," meddai Elliw gan godi ei hysgwyddau.

"Be sydd nesa i ni neud, felly?" gofynnodd Pawel.

Sylwodd Elliw ar y gair 'ni'.

11

Efa

Rwy'n credu 'mod i'n deall bron popeth am Elliw ac eithrio atebion i'r cwestiwn 'Pam?' Alla i ddim dweud yn union pam mae hi fel y mae hi. Er mai fi sydd wedi dewis llawer o'i symudiadau mae 'na bethau nad ydw i'n gallu eu hegluro.

Rwy'n methu dychmygu ei gweld heb iddi fod yn ei chadair olwyn. Mae hi'n defnyddio cadair olwyn oherwydd damwain. Pa fath o ddamwain? A pham mae siarad am Elliw cyn y ddamwain fel gofyn beth ddigwyddodd cyn y bydysawd? Y cyfnod cyn cof, cyn cychwyn pob dim oedd y ddamwain. Pam? Ac os nad ydw i'n gwybod yr atebion i gwestiynau am Elliw, beth mae hynny'n ei olygu? Mae'r atebion yn bodoli ynof i, mae'n debyg. Rwyf wedi ceisio mentro i gorneli tywyll fy meddwl, er mwyn darganfod pam mae'n rhaid i Elliw fod yn anabl. Fi yw ei chreawdwr, dylwn i wybod.

Wedi myfyrio am amser hir, daeth delwedd o ferch o'm hisymwybod. Ai Elliw oedd hon? Doedd y ferch, fel roeddwn wedi dychmygu Elliw, ddim yn union yr un fath. Doedd hi ddim yn eistedd mewn cadair olwyn. Roedd ei hanner uchaf yn bodoli mewn byd o ddŵr a'i hanner isaf yn yr awyr las. Gallwn weld adar yn hedfan o gwmpas traed y ferch ifanc. Am ryfeddod! Erbyn hyn, rwyf wedi penderfynu mai Elliw oedd y ferch. Rhoddai'r ddelwedd bwyslais nid ar Elliw ond ar ei hamgylchedd. Ond beth oedd ystyr y ddelwedd?

Mae bod yn greadigol yn fy mlino i! Yn y diwedd, os nad ydw i'n gwybod popeth am Elliw, ydy hynny'n golygu ei bod hi'n bodoli ar wahân i mi? Allai hynny fod yn wir?

Ta waeth am hynny am y tro! Oes 'na ramant yn y gwynt? Fydd Gwenno'n genfigennus o Pawel? Ac wrth gwrs, ble nesaf?

12

Noson yn yr Amgueddfa

"Ti'n oer?"

"Ydw."

"Dylen ni ffeindio rhywle cynhesach."

Roedd Pawel ac Elliw yn dal i eistedd ar y bryn ger y castell.

"Hyd yn hyn, mae'r ffordd mla'n wedi cael 'i hamlygu i fi. Pan fydda i'n ansicr o'r cam nesa, bydd arwydd yn ymddangos i fi. Daw rhywbeth i'r golwg i roi arweiniad ar yr union adeg pan fydda i isie un," eglurodd Elliw.

Edrychodd y ddau o gwmpas, gan chwilio am arwydd yn y tywyllwch. Er bod eu llygaid wedi arfer â'r nos, doedd dim awgrym, serch hynny, am le cynhesach.

Cofiodd Pawel am rywbeth oedd wedi digwydd.

"Pan o'n i'n trio mynd i mewn i'r gwesty, gwnes i drio agor y drws. Roedd y drws yn bendant wedi'i gloi. Wedyn gwnes i drio unwaith 'to, rhyw eiliad yn ddiweddarach, ac fe agorodd y drws."

"Dyna'r math o beth sy'n digwydd," cytunodd Elliw.

"Ddylen ni drio agor dryse, felly?"

Meddyliodd Elliw am hyn. Roedd y syniad yn cyd-fynd â phatrwm ei hanturiaethau i'r dim. Os oedd Efa yn rheoli ei ffawd, byddai'n darparu gwely iddi am y nos. Allen nhw ddim aros mewn gwesty. Yna meddyliodd Elliw am y ddau ohonyn nhw'n rhannu gwely. Diddorol! Ond gwell peidio symud yn rhy glou, Elliw. Canolbwyntia!

"Iawn, 'te. Awn ni'n ôl i ganol y dre a thrio agor rhai dryse."

Cytunodd Pawel, achos doedd ganddo ddim syniad gwell – er mor abswrd oedd cerdded drwy'r dre gyda merch oedd yn teithio yng nghwmni dafad, yn ceisio agor drysau, er mwyn cael lle i gysgu. Ond roedd e'n ffaelu dychmygu unrhyw gynllun gwell. Noson ryfeddol, meddai wrtho'i hun.

Ymhen pum munud roedden nhw'n asesu adeiladau'r dref. Chwilio am le gwag roedden nhw, nid gwesty, ac yn ôl pob tebyg, dim siop chwaith. Wedi dod o hyd i le addawol, byddai Elliw yn cadw llygad ar y stryd, wrth i Pawel drio'r drws. Ar ôl ffaelu sawl gwaith, ildiodd un drws iddyn nhw ac agor.

"Diolch, Efa," murmurodd Elliw.

Agoron nhw'r drws gwydr a mynd i mewn.

"Ble 'dyn ni?" gofynnodd Elliw.

Edrychodd Pawel o'i gwmpas ac ateb, "Yn yr amgueddfa, dw i'n meddwl."

"Be sy 'ma?" sibrydodd Elliw.

"Pob math o hen bethe. Des i 'ma gyda'r ysgol, unwaith."

Gallai'r grisiau o'u blaen fod yn broblem, ond roedd

lifft yno hefyd. Wedi pwyso'r botymau cywir daeth y lifft i lawr.

"Dere miwn, Madam!" meddai Pawel yn foesgar, pan agorodd y drysau.

"Diolch, syr," atebodd hithau yn llawn seremoni.

"Pa lawr?" gofynnodd Pawel.

"Y llawr cynta, *my man.*"

My man. Wps! meddyliodd Elliw wrthi'i hun.

Caeodd y drws, ac ailagor o fewn dim ar y llawr cyntaf. Yno roedd neuadd ryfeddol ac am ychydig eiliadau roedden nhw'n rhyfeddu at ei hysblander, cyn i'r golau ddiffodd yn llwyr. Yn y tywyllwch ymbalfalodd Elliw am ei ffôn ac wedi dod o hyd iddo, cawsant olau'r ffôn a chododd eu hysbryd. Crwydrodd y ddau o gwmpas y neuadd, gan ryfeddu at yr hen ddodrefn. Llwyddai golau prin y ffôn i greu awyrgylch rhyfeddol yn y lle, gan wneud iddynt deimlo eu bod nhw wedi teithio yn ôl mewn amser. Fe welon nhw beiriannau fferm, certi, offer saer coed, offer y gof, a phob un fel petai'n dod yn fyw yn y golau gwan. Dyma sut mae gwerthfawrogi amgueddfa, meddyliodd Elliw.

Ym mhen draw'r neuadd daethon nhw o hyd i lwyfan a mwynhau darllen y posteri'n hysbysebu sêr y gorffennol a fu'n perfformio ar y llwyfan hwnnw. Roedden nhw fel petaen nhw'n disgwyl gweld cymeriadau'r theatr gerdd yn ymddangos a pherfformio iddyn nhw. Ond nid ymddangosodd neb a bu'n rhaid trafod lle gallen nhw gysgu. Roedd meinciau yng nghanol y neuadd, er mai go anghyfforddus fydden nhw.

Ym mhen arall y neuadd fe agoron nhw ddrws oedd yn arwain at ystafell, a honno'n adlewyrchu bwthyn bach o'r ddeunawfed ganrif. Yno, syllodd y ddau ar wely plu yn eu croesawu. Roedd hen garthen a gobenyddion arno, ond doedd e ddim yn wely hir iawn, tua metr a hanner yn unig. "Corachod oedd y bobl yn y dyddiau a fu, yn bendant," mynnodd Elliw. Gyda throedlath bren ar droed y gwely, ni fyddai cyfle i ymestyn eu coesau, er bod y gwely'n ddigon llydan. Yn wir, roedd y gwely bron yn sgwâr a byddai'n ddigon cyfyng i ddau!

"Fyddi di'n iawn yma?" gofynnodd Pawel i Elliw.

"Bydda i'n hollol iawn," meddai Elliw wrth iddi geisio darllen ei wyneb yn y tywyllwch.

Cododd Pawel Elliw yn dyner o'i chadair a'i gosod ar y gwely fel trysor. Heb ddweud gair a heb gynnig cusan, aeth yn ôl yn gyflym i'r neuadd i gysgu ar fainc.

Mae'n swil, meddyliodd Elliw, neu mae 'na reswm arall, wrth iddi ymollwng i gysgu ar ei phen ei hun.

―――

Daeth golau'r wawr am chwech o'r gloch a chafodd Elliw ei deffro gan ei ddisgleirdeb, a synnu gweld ei hun yn y bwthyn mewn hen wely. Sylwodd ar bowlenni hufen ar y ddreser, platiau blodeuog, llwyau cawl, lle tân â lafant yn hongian drosto. Creai'r arddangosfa awyrgylch tebyg iawn i'r hyn a welsai ym mwthyn Mrs Prydderch. Gweddillion ffordd ddiamser o fyw oedd yr ystafell fach ac, er bod rhywun wedi dewis trefnu'r gwrthrychau yn ôl eu tast eu hunain, roedd y casgliad yn un cynnil. Ymlaciodd Elliw am hanner awr yn y gwely gydag ysbryd y gorffennol o'i chwmpas, hyd nes y cyrhaeddodd Pawel.

"Gysgest ti'n dda?" gofynnodd, gyda gwên swil.

"Do, diolch," atebodd Elliw, gan gynhesu at ei wên.

"Dylen ni adael cyn i'r amgueddfa agor neu bydd pawb yn meddwl 'yn bod ni'n rhan o'r arddangosfa."

Gwenodd Pawel eto.

"Faint o'r gloch yw hi?"

"Hanner awr wedi chwech."

"Reit. Dw i'n mynd i 'molchi yn y toiled ac wedyn fe fydda i'n barod i adael."

"Iawn," atebodd Pawel, "ond ble awn ni wedyn?"

"I gaffi, yn gynta oll, dw i bron â marw isie bwyd. Ac wedyn i gwrdd â Gwenno."

Cytunodd Pawel yn frwd.

⸺

Wrth iddi bacio ei bag yn yr amgueddfa, daeth Elliw o hyd i'w sbectol haul. Gwyddai ei bod wedi'i gadael yn nhŷ Mrs Prydderch. Myfyriodd Elliw am y sbectol. Roedd Efa felly yn dal i ofalu amdani, er y gwyddai Elliw eisoes fod Efa'n fodlon ei gwarchod rhag pob anffawd bach, megis colli ei sbectol. Roedd Efa wedi dweud, "Mi welais i ti'n gadael dy sbectol haul a hynny'n fwriadol." Er nad oedd Elliw'n sicr am y canlyniadau, bu'r arbrawf yn un diddorol.

⸺

Roedd sŵn yr ager poeth yn sŵn dymunol i'w clustiau wrth i'r weinyddes baratoi coffi ffres iddyn nhw. Wedi aros am ddwy awr hir i'r caffi agor, roedden nhw'n barod i wledda. *Croissants*, jam, iogyrt, ffrwythau, a gwnaethon nhw lyncu'r cyfan wrth drafod trefniadau'r diwrnod.

"Dw i'n meddwl 'mod i am deithio ar y trên," meddai Elliw. "Os bydd hynny'n rong, gwneith Efa ddweud wrtha i."

"Efa?" gofynnodd Pawel.

Erbyn hyn roedd Elliw wedi sôn am y dylanwadau arni. Credai y byddai adrodd y stori gyfan yn syth ar ôl ei gyfarfod yn ormod a dewisodd ddatgelu popeth yn raddol. Nawr, roedd Elliw'n barod i gyfaddef y cwbl. Dywedodd ei stori'n gyfan wrth Pawel, gan lenwi pob bwlch, ac egluro am Efa a'r galwadau ffôn, yn ogystal â'r hyn a ddywedodd Efa wrthi. Wedi cael cymaint o brofiadau yng nghwmni Elliw, derbyniodd Pawel y stori, gan ofyn dim ond ambell gwestiwn yn awr ac yn y man. Gallai Elliw ymlacio bellach, wedi iddi fod yn hollol onest, ac wedi gweld yn llygaid Pawel ei fod yn ei chredu.

"Alla i ddim mynd yn ôl i'r siop..." Hoffai Pawel ddweud mwy, ond roedd y caffi'n llenwi, ac roedd arno ofn y byddai rhywun yn ei glywed. Mentrodd ychwanegu'r geiriau "... ar ôl neithiwr".

Meddyliodd Elliw am ychwanegu, "Bydd popeth yn iawn," ond wedi ystyried y sefyllfa, dywedodd, "Cei di ddod gyda fi."

"Ble ti'n mynd, felly?"

"Dim syniad. Mae'n ddirgelwch llwyr, achos fel hyn ma'r wibdaith hon yn gweithio. Daw popeth yn amlwg yn y diwedd."

Edrychai Pawel yn ansicr.

"Wyt ti'n fy hoffi, Pawel?" gofynnodd Elliw.

"Ydw, yn fawr iawn," sisialodd Pawel.

"Ti'n fachgen ifanc caredig."

"Tithe'n ddewr ac yn ddoniol," atebodd Pawel.

Daeth yn amser iddi holi'r cwestiwn mawr. Cododd Elliw *croissant* arall i'w fwyta a cheisiodd edrych yn ddidaro wrth holi,

"Ody'r ffaith nad ydw i'n gallu cerdded yn broblem i ti?"

~~

Ar ôl dau ddeg wyth mlynedd o fod yn seiciatrydd, credai Gwyn iddo weld pob agwedd ar ddynoliaeth ac felly ei bod yn bryd iddo ymddeol. Roedd wedi gweld cymaint o alar a gormod o'r meddwl yn blethiadau rhyfedd. Swydd oedd ganddo bellach, nid galwedigaeth, a theimlai'r gwahaniaeth hwnnw fwyfwy. Gwyddai hyn, a cheisiai fod yn broffesiynol. Mewn gwirionedd, roedd yn dal i fod yn seiciatrydd da gan fod cymaint o brofiad ganddo, ond serch hynny, roedd yn treulio mwy a mwy o'i amser yn meddwl am bysgota neu am gerdded ym Mro Ddyfi.

~~

Erbyn hyn gafaelai Pawel yn llaw Elliw, wrth eistedd ar ei phwys ar fainc yng ngorsaf drenau Aberystwyth, a thocynnau i Amwythig yn ei law arall. Doedden nhw ddim yn siŵr ynglŷn â mynd i Amwythig, ond gallent adael y trên cyn cyrraedd yno. Gallai Pawel weld Gwenno, fel roedd Elliw wedi'i ragdybio, ac roedd presenoldeb Gwenno'n cadarnhau fod stori Elliw yn wir. Roedd Pawel yn dechrau dysgu ymddiried yn Elliw, ond ciledrychai Gwenno arno'n ddrwgdybus iawn o dro i dro, ac yntau'n closio ychydig yn rhy agos ati.

"Gallet ti fod wedi aros gyda fi yn y bwthyn bach neithiwr... Dim ond i gofleidio, cofia."

"O'n i ddim yn siŵr beth o't ti isie. Do'dd y gwely ddim yn fawr iawn, ta beth."

"O't ti'n meddwl am 'y nheimlade i?"

"O'n. Yn aml, dw i ddim yn galler darllen sefyllfaoedd fel yna yn dda iawn."

"Ti ddim yn berffeth, felly. Na fi, chwaith. Ond rwyt ti'n garedig a dyna'r peth pwysica."

Gwasgodd Pawel ei llaw yn dyner, ond roedd cysgod yn dal i hongian drostyn nhw.

"Dw i'n dal i boeni am ddyn y gwesty. Falle ei fod e wedi mynd at yr heddlu," meddai Pawel yn nerfus.

"Mae'n annhebyg y gallen nhw dy adnabod di. Ond mae'n bosib eu bod nhw'n edrych am gochen mewn cadair olwyn. Felly fi yw'r un amlwg. Wyt ti'n siŵr dy fod ti isie teithio 'da fi? Bydd hi'n haws i ti ar dy ben dy hunan."

Gwasgodd Pawel ei llaw yn dyner eto. Ni wyddai'r

geiriau i ymateb, ond gwyddai y byddai'n bendant yn aros gydag Elliw.

Bodlonodd Gwenno ac aros ar y platfform wrth draed Pawel tan i'r trên gyrraedd.

13

Efa

Beth ydw i wedi ei ddarganfod am fod yn greadigol hyd yn hyn? Dim llawer! Rwy'n dibynnu arnat ti, Elliw, i'm helpu i ddatrys fy mhroblemau!

Gallwn i fod wedi rhoi Elliw mewn unrhyw le, unrhyw gyfnod, a gallwn fod wedi creu bydoedd y tu mewn i fydoedd. Mae stori Elliw yn cynnwys yr amgueddfa ac mae'r amgueddfa'n cynnwys yr hen ystafell wely. Ac mae'r ystafell wely yn bodoli yn y presennol a'r gorffennol. Bydda i'n ei gosod mewn sefyllfaoedd arbennig, ond hi wedyn sy'n ymateb i'r lleoliadau hynny. Caf yr argraff fod Elliw yn symud o dan ddylanwad arall. Oes ganddi hi ei hewyllys ei hun? Byddai'n braf pe bai ganddi ei hewyllys rydd ei hun.

All cymeriad fodoli heb ei greawdwr? Er enghraifft, beth am Romeo a Juliet? Maen nhw'n byw mewn miliynau o galonnau ac yn symud o'r naill i'r llall wrth iddynt glywed y stori o'r newydd. Maen nhw'n ein hysbrydoli, ac yn llenwi ein breuddwydion â rhamant. Maen nhw'n ymddangos mewn amrywiaeth o ddeongliadau. Ond ble mae eu creawdwr? Wedi marw bellach, er bod ei greadigaethau yn parhau yn fyw. Bellach, mae'r cariadon yn fwy byw na'u creawdwr.

Erbyn hyn mae Elliw yn dechrau sylweddoli pwy ydy hi. Rwyf wedi rhoi awgrymiadau iddi hi, wrth gwrs. Ydw i wedi creu Elliw er mwyn iddi hi fod yn well na fi, felly?

Ond rwy'n hoffi Pawel. Boi neis iawn. Ydw i wedi ei greu ar sail rhywun arbennig yn fy atgofion? Dydw i ddim yn credu hynny. Ddylwn i ymddiheuro i Elliw am ei hanabledd? Cwestiwn rhy fawr i'w ateb! Croeso, bawb, i labordy anhrefnus fy nghalon! Ond rwy'n gwybod bod yn rhaid i fi adael Elliw yn rhydd cyn hir, ac mae hynny'n fy mhoeni i.

14

Meifod

"Pam Caersws?"

"Mae'n swnio fel cael sws," meddai Elliw gan bwffian chwerthin.

"Rili?" gofynnodd Pawel.

"Pam lai?"

"Ti'n boncyrs!" chwarddodd Pawel.

Siglodd y trên fel petai'n cytuno.

"Wel, beth am hyn?" meddai Elliw. "Byddwn yn gadel y trên yng Nghaersws, os na fydd Efa wedi anfon arwydd y dylen ni adael yn rhywle arall."

"Mae'r daith hon, sori, gwibdaith, yn un ryfedd iawn. Dw i ddim yn deall y rheolau," cwynodd Pawel.

"Does dim rheolau, am wn i. Dw i ddim yn deall beth sy'n digwydd, a dw i ddim yn gweld patrwm chwaith. Ond paid â phoeni. Daw popeth yn glir," cysurodd Elliw e.

"Ti ddim wedi clywed gan Efa ers sbel. O's 'da ti syniad pryd bydd hi'n cysylltu â ni?"

"Mae hi o'n cwmpas ni'n rhywle. Cofia am ddrws yr amgueddfa. Daw hi i'n gweld pan fydd hi'n barod, yn ei hamser ei hun."

Roedd Gwenno'n cysgu a'r teithwyr yn camu drosti,

heb sylwi'u bod nhw'n camu dros ddafad. Trodd Pawel i wneud yn siŵr ei bod hi'n iawn gan sylwi ei bod hi'n chwyrnu ychydig, ond wnaeth neb gymryd unrhyw sylw ohoni.

Teimlent ryddhad wrth i'r trên adael Aberystwyth a braf oedd mwynhau mwynder Ynys-las, a'r arfordir, cyn troi eu golygon tuag at berfeddion y wlad, a'u dyfodol. Filltir wrth filltir roedden nhw'n poeni llai a llai am yr heddlu. Wrth gyrraedd gorsaf arall rhaid oedd penderfynu aros neu adael. Ond ni chawsant arwydd i awgrymu eu bod wedi cyrraedd pen eu taith.

Wrth gyrraedd Caersws, ni chafodd Elliw a Pawel unrhyw awgrym y dylen nhw adael y trên. Ond ar y platfform fe welon nhw gwpl yn cusanu'n angerddol, ac roedd Gwenno wedi codi ar ei thraed, yn amlwg yn barod i ymadael. "Digon o arwydd yng Nghael Sws?" gofynnodd Elliw i Pawel. Cododd yntau ei ysgwyddau ond ni wnaeth anghytuno. Teimlai Elliw ryw foddhad mawr wrth i Pawel ei helpu oddi ar y trên gan na fu'n rhaid iddi ddibynnu ar ddieithriaid.

Crwydrodd y tri o'r orsaf, Pawel yn gwthio Elliw, ar ôl rhoi sws ar ei thalcen, a Gwenno'n cerdded yn hamddenol wrth eu hymyl.

Safai'r tri wrth fynedfa'r orsaf, ac o fewn munudau daeth lorri fawr tuag atynt ar ochr anghywir y ffordd ac aros wrth eu hymyl. Heb adael cab y lorri, gwaeddodd y gyrrwr, "Meifod." Ni welodd Elliw ei wyneb yn glir iawn, ond gwelodd ddigon i adnabod yr olwg yn ei lygaid. Dyn dan ddylanwad rhywun arall oedd hwn. Pwy arall ond Efa? Amneidiodd Elliw ar Pawel. Roedd cefn y lorri'n agored ac yn isel, felly roedd yn hawdd i Pawel ei chodi o'i chadair olwyn a'i gosod yno'n ofalus. Tro Gwenno oedd hi wedyn a gadawodd i Pawel ei chodi, er iddi deimlo bod y weithred yn ei hiselhau. Llusgodd Elliw ei hun ymlaen nes ei bod yn eistedd â'i chefn yn pwyso yn erbyn cefn y cab. Yn y cyfamser roedd Pawel wedi codi cadair Elliw i'r lorri, ac wedi i'r tri'n eistedd yn eithaf cysurus, tu cefn i'r cab, rhoddodd Elliw arwydd i'r gyrrwr eu bod yn barod. Doedd y daith ddim yn llyfn iawn ac roedd yn rhaid iddyn nhw afael yn ei gilydd, i gynnal cydbwysedd. Rhyddhad oedd gwybod na allai'r lorri deithio'n gyflym.

Roedd hon yn daith bleserus wrth iddynt gael cyfle i sylwi ar y coed a'r tai, ac roedd y ffaith eu bod nhw'n rhannu'r profiad yn ychwanegu at y pleser.

Daeth gwaedd o'r cab, "Meifod!" Er nad oedden nhw yng nghanol y pentref roedd yn amlwg mai dyma oedd diwedd y siwrne yn y lorri. Dringodd Pawel i lawr a rhoi help llaw i Elliw a Gwenno i'w ddilyn. Gyrrodd y lorri i ffwrdd yn llawn dwndwr, gan eu gadael mewn tawelwch.

Dim ond un adeilad oedd yn agos atynt, sef ffermdy bach, a'r tebygolrwydd oedd mai hwn oedd y lle nesaf i ymweld ag ef ar eu gwibdaith. Aeth Gwenno i bori yn yr ardd, ac ymddangosai hyn yn arwydd gobeithiol.

"Paid â bwyta'r blodau," rhybuddiodd Elliw.

Brefodd Gwenno'n dawel, heb godi'i phen, a bodlonodd Elliw.

Ar ôl agosáu at ddrws y ffrynt, curodd Pawel arno, ond ni chafodd unrhyw ymateb y tro cyntaf na'r eildro.

"Y drws cefn?"

Curodd Pawel ar y drws hwnnw hefyd ond ni chafodd ateb unwaith eto. Ceisiodd ei agor. Nid oedd ar glo a chamodd i mewn i'r gegin. Wrth i Pawel edrych o'i gwmpas gwelodd ystafell hen ffasiwn, gartrefol ond taclus, un nodweddiadol o fywyd cyfforddus cefn gwlad. Crogai perlysiau blasus yn sychu uwchben y lle tân ac wrth eu hymyl roedd basgedaid o goed. Roedd y dodrefn yn loyw, ar ôl blynyddoedd o waith tawel, heddychlon gwraig y tŷ. Chwibanodd Elliw yn isel, ar ôl cyrraedd y gegin y tu ôl i Pawel.

"Dyma gartref o ryw fath i ni," awgrymodd Pawel.

Agorodd Elliw y cwpwrdd bwyd a hoffai'r hyn a welai, sef bwydydd ffres, da.

"Hei, Efa! Gawn ni aros yma am byth?" gofynnodd Elliw i'r nenfwd yn obeithiol.

Ni ddaeth ateb, wrth gwrs, ac felly aethon nhw ymhellach i mewn i'r tŷ, gan ddod at goridor a oedd yn rhy fyr i fod yn goridor go iawn. Yn hollol annisgwyl, ymddangosodd drws. Ceisiodd Pawel ei agor, ond yn aflwyddiannus.

"Does dim croeso i ni fan hyn yn amlwg," meddai Pawel.

Ar y chwith roedd drws arall. Ildiodd y drws hwnnw gan ddatgelu ystafell ymolchi drawiadol.

"Waw! Mae dwy stafell gyda ni, ac maen nhw'n posh, on'd ydyn nhw?" meddai Elliw.

Unwaith eto, cawsant foddhad wrth weld moethusrwydd yr ystafell – y marmor gwyrdd, a holl adnoddau ystafell ymolchi gyfoes, un oedd yn hollol addas i Elliw.

"Ro'n i'n hoffi'r amgueddfa," meddai Elliw, "ond mae'n well 'da fi'r tŷ 'ma."

"Pwy wyt ti'n meddwl sy'n byw 'ma?" gofynnodd Pawel.

"Ni!" meddai Elliw gan wenu. "Am heno, o leia."

"Do's dim stafell wely i ni," meddai Pawel.

"Dw i'n gwybod. Ond beth am ga'l disgled o de? Gawn ni siarad wedyn."

Wedi dychwelyd i'r gegin, paratôdd Pawel y te, a chawsant amser i fyfyrio am eu taith.

"Dw i ddim yn poeni am yr heddlu bellach," meddai Pawel.

"Na fi chwaith," atebodd Elliw gyda gwên.

"Ble ydyn ni'n mynd, 'te?" gofynnodd Pawel.

Cofiodd Elliw fod Efa wedi dweud rhywbeth am wythnos, er nad oedd yn siŵr am hynny. "Dw i ddim yn gwbod, ond dw i'n dyfalu y down ni i ben ein taith cyn bo hir," awgrymodd Elliw.

"Dw i ddim yn mynd yn ôl i fy swydd yn y siop, beth bynnag," dywedodd Pawel, yn bendant.

"Dw i wedi bod yn meddwl sut y dest ti i'm hachub i," meddai Elliw.

"Beth?" atebodd yntau mewn syndod.

"Dywedest ti dy fod yn gwneud pethe heb wybod pam. Dw i ddim wedi profi'r teimlad hwnnw o gwbl. Am wn i, dw i wedi gwneud fy mhenderfyniade 'yn hunan bob tro," meddai Elliw.

Myfyriodd Pawel am eiliad. "Ro'dd e'n gywir fel gwylio 'yn hunan mewn byd arall, wrth i 'nghorff i symud ond do'n i ddim yn deall pam. Ma dy ffrind Efa yn bwerus iawn."

Gan fod Elliw mor dawel, holodd Pawel, "Beth sy'n digwydd i ni?"

"Wneith dim byd ofnadw ddigwydd. Dw i'n credu bod Efa'n gofalu amdanon ni."

"Dw i ddim wedi siarad â hi, fel rwyt ti. Dw i ddim yn siŵr beth i'w gredu."

"Ma hyn wedi dod â ni at 'yn gilydd."

"Dw i'n falch o hynny," meddai Pawel wrth iddo estyn ei law i afael yn llaw Elliw.

Wrth iddynt eistedd yno law yn llaw meddai Elliw, "Dy'n ni heb ddod o hyd i stafell wely o hyd."

"Ma rhagor o adeilade i'w cael 'ma. Beth am fwrw golwg arnyn nhw?" awgrymodd Pawel.

Rhyw fath o sied oedd un ohonyn nhw ac ysgubor oedd y llall. Tynnodd Pawel ar follten drws yr ysgubor ac agorodd. Roedd rhywun wedi cadw'r ysgubor yn lân ac yn daclus. Roedd popeth yn ei le, bêls gwair a gwellt mewn rhesi taclus, a sylweddolodd Elliw ar unwaith beth oedd hyn yn ei olygu.

"Allwn ni ddim aros yma am gyfnod hir," dywedodd. "Ma rhywun yn gofalu am y lle'n dda a fydd hi ddim yn hir cyn y byddan nhw'n dychwelyd."

"Wel," atebodd Pawel, "dyma fydd 'yn stafell wely ni am heno."

Doedd Elliw ddim wedi meddwl am gysgu yn yr ysgubor, ond roedd yn amlwg bellach mai dyna fyddai ei thynged. Gan ei bod yn eithaf cynnes, sych a chyfforddus, byddai'r ysgubor yn hafan iddyn nhw, am un noson, o leiaf. Sgwrsio fu'r ddau yn ystod yr oriau cyntaf yn y gegin lle dangosodd Pawel ei fod yn gogydd arbennig. Mwynheuon nhw'r bwyd blasus, gwydraid o win a sgwrs ddifyr. Am y tro cyntaf ers ei damwain, teimlai Elliw fod y sêr yn gwenu arni. O dipyn i beth, wrth iddo ennill mwy o hyder, siaradodd Pawel am ei brofiadau yntau. Roedd y tân yn gynnes ac esboniodd nad oedd neb wedi cymryd diddordeb ynddo erioed fel y ferch ryfeddol hon heno. Disgrifiodd sut y cafodd ei drin fel estron yn ei wlad ei hunan. Roedd wedi gobeithio cwrdd â rhywun arbennig a sylweddolodd Elliw wrth wrando arno mai rhamantydd oedd e yn y bôn. Mae sgyrsiau cariadon yn gymhleth, on'd ydyn nhw?

━━━

"Pawel. Ble mae dy rieni?" holodd Elliw, yn ystod y nos.

"Wedi mynd yn ôl i Wlad Pwyl. Gormod o hiliaeth."

"Dw i'n falch dy fod di wedi penderfynu aros," ochneidiodd Elliw.

15
Paentio

Paentio mae Efa ac ar y stand o'i blaen mae darlun cymhleth a medrus. Wrth syllu ar y cynfas gwêl fod rhywbeth o'i le. Caiff ei chythryblu gan ffigwr ar ochr dde'r cyfansoddiad a sylweddola nad yw cydbwysedd y llun yn gywir. Fel arfer, bydd Efa'n creu yn araf, yn meddwl am bob manylyn, a daw i adnabod y ffigwr ar y cynfas. Erbyn hyn mae hi eisoes wedi dychmygu beth yw posibiliadau'r cymeriad, sydd bron wedi dod yn fyw yn ei meddwl. Bachgen tua deg oed ydy e.

Wedi petruso ac ochneidio am yn hir, cydia yn y brwsh a gorchuddio ffigwr y bachgen â haen o baent glas. Cyn gynted ag mae'r bachgen wedi diflannu o dan y paent, mae Efa'n dechrau difaru cael gwared arno. Mae hi mor hoff o'r lliw llachar, a gwêl fod cydbwysedd y llun yn llawer gwell, ond gan wybod bod 'na fachgen o dan y paent, neu bosibilrwydd o fachgen, o leiaf. Ond ydy'r un sydd wedi byw am eiliad yn byw am byth?

Daw cath ddu a chanddi lygaid tanbaid i mewn i'r stiwdio a rhwbio'i hun yn erbyn coes Efa, gan dorri ar draws ei meddyliau.

"O, paid, Efa," dywed wrthi ei hun. "Rwyt ti'n ordeimladwy! Tyrd, gath, amser swper i ti!"

I ffwrdd â nhw gan anghofio am y bachgen sy o dan y paent, y bachgen na chafodd ei greu.

16

Efa

Gall caru arwain at golli a gall creu wneud hynny hefyd.
Mae colled mewn caru, a cholled mewn creu. Bydd
honno sydd wedi ei chreu yn dewis ei ffordd ei hun.
Wrth i ni ymarfer y corff, bydd ffibrau'r cyhyrau yn torri,
dim ond ychydig. Ond wedi torri, byddan nhw'n tyfu yn
ôl yn gryfach na chynt. Cyhyr yw'r galon. Rywsut, os nad
ydyn ni wedi dioddef problemau, dydyn ni ddim yn gallu
tyfu. Dychmygwch fywyd heb broblemau. Blynyddoedd
yn mynd heibio a dim heriau bychain, hyd yn oed. Onid
wrth ymateb i anawsterau bywyd ry'n ni'n darganfod
ein hunain? Dydw i ddim yn awgrymu bod dioddef yn
beth da, ond mae angen i ni ddysgu ymdopi ag e. Efallai
mai ei anwybyddu yw'r peth gwaethaf.

17

Pennant Melangell

Cafodd Elliw a Pawel eu croesawu gan fore heulog a braf wrth iddyn nhw ddod allan o'r ysgubor. Yn ei llaw roedd Elliw yn cario calon fach o wellt roedd Pawel wedi'i gwneud iddi. Rhoddodd Elliw y galon ym mhoced ei chôt weu. Croesawodd Gwenno'r cwpl gyda bref swnllyd ac aethon nhw i'w chyfarch. Cafodd y famog lwyth o sylw a geiriau croesawgar ganddynt. Yna, eisteddodd Elliw a Pawel yn y gegin gyda'r drws ar agor yn mwynhau brecwast braf o goffi, tost a jam, tra edrychai Gwenno yn druenus arnynt. Cafodd hi foron a danteithion eraill i frecwast. Gan gydweithio'n hwylus taclusodd Elliw a Pawel y gegin. Tua hanner dydd, penderfynon nhw fynd i'r pentref a gadael Gwenno yn un o gaeau'r fferm. Bu gwrthwynebiad i'w cynllun. Roedd Gwenno'n bendant ei bod am fynd i'r pentref gyda nhw, ac nid oedd yn fodlon derbyn 'na' yn ateb.

"Ydy hi'n awgrymu na fyddwn ni'n dod yn ôl i'r fferm?" gofynnodd Elliw yn siomedig.

"Mae'n ymddangos felly," atebodd Pawel.

"Oes rhywbeth arall yn mynd i ddigwydd?"

"Oes." Teimlai Pawel don o ansicrwydd. "Ond bydd pob dim yn iawn, yn y diwedd."

Rhoddodd Pawel gusan i Elliw, ac yn amlwg, nid hon oedd ei chusan gyntaf, yn ôl ei hymateb. Ymlwybrodd y ddau i gyfeiriad y pentref, a dilynodd Gwenno hwy.

Ar ôl crwydro am dipyn, a chan fod y dyfodol yn dal heb ei ddatgelu, penderfynodd Elliw fynd i mewn i siop y pentref oedd yn swyddfa bost hefyd. Wrth y drws, ciledrychodd Elliw ar benawdau'r papurau newydd wrth basio. 'Immigrants Attacked,' meddai un, a 'Cottage Collapses into the Sea,' datganai un arall. Llywiodd Elliw ei chadair drwy'r bylchau culion rhwng y silffoedd, a dewisodd botelaid o ddŵr a brechdanau. Aeth â nhw at y cownter, lle'r oedd dynes ganol oed yn gweini. Rhoddodd Elliw y nwyddau ar y cownter o flaen y wraig, ond ni ddywedodd y wraig air o gwbl. Roedd fel pe bai'n ceisio gwneud penderfyniad pwysig.

"Elliw?" gofynnodd y ddynes.

"Ie. Elliw ydw i." Doedd hi ddim yn adnabod y ddynes.

"Mae gen i rywbeth i ti."

Ymbalfalodd y ddynes o dan y cownter a chynnig cerdyn post i Elliw. Derbyniodd hi'r cerdyn yn ddigon amheus.

Ar un ochr i'r cerdyn roedd llun dymunol o eglwys gyda'r pennawd, 'Pennant Melangell'. Trodd Elliw'r cerdyn i weld yr ochr arall, a gweld y llofnod 'Efa, XX'. Dyma'r eglurhad, meddyliodd Elliw. Pwy arall oedd yn gwybod lle'r oedd hi?

Annwyl Elliw,
Mae'n ddrwg gen i ond mae'n rhaid i Pawel fynd.

Dw i'n gwybod y byddi di'n drist, ond mae 'na
reswm dros bopeth. Coelia fi.
Dydy'r heddlu ddim yn edrych amdanat ti,
gyda llaw.
Efa, XX

Syllodd Elliw ar y neges, wedi dychryn. Talodd am y
botel a'r frechdan a'u codi oddi ar y cownter, cyn troi ei
chadair er mwyn gadael y siop cyn gynted â phosib. Ni
chlywodd Elliw beth ddywedodd y ddynes wrthi. Roedd
olwyn ei chadair wedi mynd yn sownd yn y silff waelod,
lle'r oedd y tuniau. Fe'i gwthiodd nes dod yn rhydd, ond
cwympodd y silffoedd a'r tuniau yn swnllyd ar y llawr.
O'r tu ôl iddi, clywodd brotestio, ond rhuthrodd allan i'r
heulwen. Mewn panig edrychodd o'i chwmpas, ond dim
ond Gwenno oedd yno'n aros amdani.

"Ble mae Pawel, Gwenno?"

Symudodd y ddafad tuag ati a rhoi'i phen yn dyner
ar ei choes. Dyna oedd yr ateb i'w chwestiwn. Nid dyma'r
ateb y dymunai Elliw ei glywed.

Ymhen dwyawr, eisteddai Elliw yn dawel, a golwg sarrug
ar ei hwyneb, wrth iddi anwesu Gwenno. Roedd wedi
crio llif o ddagrau, a bellach doedd dim mwy o ddagrau
ar ôl ganddi.

Byddai'n rhaid iddi greu cynllun newydd. Ffoniodd
Efa, ond ni chafodd ateb. Ydy hyn yn rhyw fath o brawf,
meddyliodd. Os oedd e, byddai'n rhaid iddi ddewis beth
i'w wneud. Dylai gael rhyw arwydd, fel cynt. Bellach

roedd hi a Gwenno ar fin y ffordd ar gyrion y pentref a Gwenno'n pori'n hamddenol braf. Doedd Elliw ddim yn ymwybodol o sut y daethon nhw yno. "Yn ôl at y pos," murmurodd, gan dorri ar draws ei syniadau eraill a cheisio canolbwyntio ar y sefyllfa. Ble mae'r cliw?

Caeodd ei llygaid i chwilio am ysbrydoliaeth. Ddylai hi fynd yn ôl i Aberystwyth? Ceisiodd gofio enw'r siop lle'r oedd Pawel yn gweithio ond allai hi dim cofio'r enw. Roedd yn amau a fyddai Pawel yno; yn wir, roedd yn hollol siŵr na fyddai. Gwyddai fod Pawel wedi mynd i rywle amhendant, nid Aberystwyth, ond ni allai ddehongli'r teimlad i ddarganfod lle'r oedd e.

Pan agorodd ei llygaid, cafodd Elliw ei synnu o weld Gwenno'n agos ati. Syllai'r ddafad ar y cerdyn post. Cododd Elliw y cerdyn er mwyn ei ddarllen unwaith eto. 'Pennant Melangell' oedd geiriau'r pennawd. Pam y byddai Efa'n anfon llun o Bennant Melangell ati oni bai bod rhyw bwrpas i hynny?

"Pennant Melangell, felly." Roedd pob rhan o'r siwrne a phob dolen yn y gadwyn wedi bod yn gyffrous ac yn llawn gobaith hyd yn hyn. Ond y tro hwn, doedd dim arlliw o gynnwrf yn ei llais. Dechreuodd chwilio am arwyddion ar y ffordd, am nad oedd ganddi unrhyw syniad lle'r oedd Pennant Melangell, na pha mor bell oedd yr eglwys ar y cerdyn. Ni chafodd ateb ac eithrio cân yr adar yn y coed, fel petaen nhw'n chwerthin am ei phen.

Wedi holi cwpl ar y stryd, cafodd wybod bod Pennant Melangell tuag un filltir ar bymtheg oddi yno a chafodd gyfarwyddiadau. Cyn iddi gychwyn ar y trywydd, pendronodd Elliw am ei sefyllfa. Roedd Efa wedi ei digio i'r byw. Pam fod yn rhaid iddi fynd i Bennant Melangell? Teimlai ei bod yn rhyw fath o byped yn nwylo Efa ac, am y tro cyntaf, roedd hi'n dechrau amau a allai ddibynnu arni.

Pan oedd Elliw yn barod, chwibanodd ar Gwenno, oedd wrthi'n archwilio'r gwrychoedd am rywbeth blasus. Sut roedden nhw am gyrraedd Pennant Melangell? Edrychodd y ddwy ar ei gilydd, gan gydnabod y broblem. Yn y diwedd, ochneidiodd Elliw.

"Rhaid mynd heb gymorth neb arall, felly."

Trodd Gwenno'i phen i'r naill ochr, fel petai am ofyn cwestiwn.

"Un filltir ar bymtheg. Paid ag edrych arna i fel'na, does dim dewis arall 'da ni, oes e?"

Byddai un filltir ar bymtheg mewn cadair olwyn yn llosgi'r cyhyrau ac yn oeri'r galon, ond doedd dim dewis dim ond bwrw ymlaen. Ar ôl dim ond pum milltir, roedd Elliw wedi ymlâdd. Arhosodd wrth ymyl y ffordd, ond gwibio heibio wnâi pob car heb aros i gynnig help llaw i ferch ifanc anabl. Rhegodd Elliw wrth weld ceir cyfforddus yn diflannu yn y pellter. Ond doedd aros yno ddim yn plesio Gwenno; cydiodd yn llawes siwmper Elliw a'i thynnu.

"Dw i'n methu mynd ymhellach," meddai Elliw yn ddigalon.

Syllodd Gwenno arni ac ildio. Roedden nhw wedi aros ar ymyl ffordd unig a gwyddai'r ddwy fod y wibdaith wedi dod i ben am y tro. Wedi ystyried y sefyllfa, gorweddodd Gwenno gan gnoi ambell gegaid o borfa.

"Ydyn ni'n gwrthryfela?" gofynnodd Elliw i'w ffrind.

Edrychodd Gwenno arni am dipyn cyn ailddechrau pori.

Ceisiai Elliw gofio'r geiriau a ddywedodd Efa wrthi. Oedd hi wedi dweud y byddai'n eu gwarchod? Roedd Elliw dan yr argraff ei bod wedi dweud rhywbeth o'r fath, ond allai hi ddim cofio'r union eiriau. Credai Elliw y dylai geisio bod yn annibynnol, ond roedd ganddi'r hawl i gael cymorth hefyd. Er bod Elliw'n fodlon ymdrechu'n galed pan fyddai'r corff yn methu mynd ymhellach, doedd dim byd i'w wneud ond aros. Teimlai'n ddig iawn wrth Efa, ac yn hunandosturiol, felly doedd ganddi ddim dewis ond gwrthryfela. Os oedd Efa yn ffrind iddi byddai'n datrys y broblem, problem oedd bellach yn argyfwng gan ei bod hi bron â nosi erbyn hyn. Er ein bod ni i gyd yn dibynnu ar ddieithriaid ambell waith, meddyliodd Elliw, ry'n ni i gyd yn dibynnu ar ein ffrindiau hefyd.

Er iddi ddisgwyl gweld pentref bach, doedd yno ddim byd mwy na chlwstwr o dai ac eglwys. Yma roedd hi, heb do uwch ei phen a'r haul wedi machlud oriau ynghynt. Yn ffodus, roedd ganddi fwyd a dŵr gan nad oedd unman i brynu bwyd ym Mhennant Melangell mor hwyr y nos. Roedd Elliw a Gwenno wedi bod ar ymyl y ffordd yn gwrthryfela yn erbyn y sefyllfa, ond yna, cyrhaeddon nhw Bennant Melangell. Roedd gweld y lleuad yn codi'n awgrymu fod amser wedi cerdded, ond nid dyna brofiad Elliw. O edrych ar y pentref tawel o dan y nen serennog, gwyddai Elliw fod ei bywyd wedi symud ymlaen a'i fod unwaith eto'n creu twll newydd yn ei chof. Teimlai ryddhad o gyflawni rhan arall o'i siwrne, ond daliai i bryderu'n arw am y bylchau yn ei hymwybyddiaeth.

Aeth Elliw yn ara' deg tuag at eglwys Pennant Melangell. Lle i dderbyn nawdd a heddwch yw'r hen eglwys yn y dyffryn hyfryd hwn. O dipyn i beth cafodd ei swyno gan y lle, fel cymaint o ymwelwyr, er bod ei breichiau'n brifo a'i hysbryd yn isel. Wnaeth hi ddim dychmygu y byddai'n treulio'r noson heb gwmni Pawel. Ond Pennant Melangell oedd y lle gorau iddi dan y fath amgylchiadau.

Bwytaodd ychydig o'r bwyd oedd ganddi wrth eistedd ymhlith y beddau a cheisio cofio cân am Bennant Melangell roedd wedi'i chlywed ar y radio. Roedd y bryniau yng ngolau'r lleuad yn gysur iddi. Gan fod cefn ei chadair yn gallu plygu, eisteddodd yn ôl gan edrych ar y sêr a'r lleuad lawn. Roedd hi'n noson annisgwyl o gynnes, o ystyried yr adeg o'r flwyddyn. Oedd Efa wedi dylanwadu ar y tymheredd? Doedd ganddi ddim digon o egni nac amynedd i ystyried y cwestiwn.

Yn amlwg, doedd Efa ddim wedi troi ei chefn arni'n llwyr. Wedi'r cwbl, daeth Efa â hi i Bennant Melangell. Siawns felly ei bod wedi darparu ar ei chyfer yma?

Felly, wedi cael hoe, aeth i gyfeiriad yr adeiladau eraill, ar wahân i'r eglwys. Aeth at adeilad mawr, rhyw fath o ganolfan ymwelwyr, ond doedd neb yno ac roedd yr adeilad ar glo. Wedyn, daeth at garafán, ond doedd neb yn honno chwaith, er na fyddai Elliw wedi gallu dringo'r grisiau i fynd i mewn iddi, beth bynnag. Yna sylwodd ar adeilad bychan iawn, ei chyfle olaf. Uwchben y drws roedd arwydd, 'Y Beudy Bach'. Ildiodd y drws, diolch byth.

Roedd gan y Beudy Bach gyfleusterau addas i Elliw, ond roedd y lle mor fach nes ei bod hi'n anodd symud ei chadair ynddo. Penderfynodd y byddai'n well iddi gysgu yn ei chadair. Doedd ganddi ddim digon o egni i wneud dim byd arall. Yn ffodus, doedd Gwenno ddim yn fodlon dod i mewn i'r Beudy Bach, ond a dweud y gwir, fyddai dim digon o le iddi yno.

Ond roedd Elliw yn rhy flinedig ac yn rhy emosiynol i gysgu ac ymhen hanner awr, gadawodd yr adeilad. Crwydrodd y ddwy'n araf o gwmpas y fynwent, a meddyliai Elliw am yr hyn a oedd yn dal i'w phoeni. Pam bod Pawel wedi ei gadael? Oedd ei chariad wedi cael digon arni mor fuan? Pwy wnaeth y penderfyniad? Efa? Pawel? Roedd y cwestiynau yn rhy boenus i Elliw feddwl mwy amdanynt ac ysai am gael gwared ar ei hamheuon. Roedd wedi penderfynu y byddai'n gadael y galon wellt a wnaeth Pawel iddi yn rhywle arbennig. Ond ble? Meddyliodd am ei rhoi ar fedd yn y fynwent, ond yn y diwedd fe'i gosododd ar hoelen yn nrws yr eglwys. Yna, syrthiodd i gysgu'n sydyn yn ei chadair, yn yr awyr agored ger drws yr eglwys.

18

Breuddwyd Elliw

Teimlad rhyfedd yw darganfod bod eich braich yn wyrdd ac yn las a'ch pen-glin yn goch! Gwydr o liwiau gwahanol yw'r ffenestri y llifa'r golau drwyddyn nhw'n ddirwystr. Dydy'r golau ddim yn gynnes nac yn oer. Golau heb wres ydyw. Mae'r waliau'n crymu uwchben i ffurfio bwa uchel.

Dw i'n chwilio am rywun ond dw i wedi anghofio'i henw. Mae ymadrodd yn dod i'm meddwl: pwy a welodd ei lygaid? Dw i ddim yn deall. O ble daeth hynny? Dw i'n cerdded tuag at wal wydr sydd o'm blaen, ac yn mynd rownd pen draw y wal. Mae mwy o waliau. Wrth symud o gwmpas mae'r lliwiau'n dawnsio ar fy nghroen. Tlws.

Yn sydyn mae'r glas yn diflannu, er bod y lliwiau eraill yn parhau. Dw i'n colli'r glas gymaint. Ystyriaf. Heb las, does dim môr nac awyr. Dw i bron yn fy nagrau.

Mae rhywun yn sefyll yn dynn y tu ôl i mi. Dw i ddim yn troi er mwyn ei gweld, ond gwn mai Mrs Prydderch ydyw.

"Buoch chi farw," dw i'n dweud wrthi.

"Do, ac rwyt ti'n cerdded." Mae hynny'n wir. Dw i'n cerdded. Mae fy nghoesau fel cynt a dw i'n mwynhau gwisgo ffrog haf, â blodau arni.

Mae amser yn gwibio heibio, ac yna rwy'n clywed Mrs Prydderch yn siarad unwaith eto.

"Heneiddies i."

"Dw i'n gwbod. Dw i'n sori."

Dw i wir yn teimlo drosti. Ond mi ddylwn i symud ymlaen.

"Dw i'n chwilio am Efa."

"Mae hi o'n cwmpas ni. Ond edrycha, mae'r lliwiau eraill yn pylu."

Mae'n wir. Mae'r melyn, y coch, a'r gwyrdd yn pylu. Maen nhw'n gwanhau, yn llifo ymaith yn ddim. Dw i'n drist oherwydd eu bod nhw'n diflannu. Mae lliwiau fy ffrog yn pylu hefyd. Mae pob lliw'n cuddio'i hun yn y gwynder.

"Wrth i'r lliwiau ddiflannu, does dim ar ôl ond du a gwyn," meddai Mrs Prydderch. "Paid â cholli dy liwiau, fel fi."

"Ydy hynny'n bosib?"

"Ydy, mae'n bosib. Os wyt ti'n gweld y llwybr cywir. Dyna yw tröedigaeth."

Tröedigaeth? Hoffwn i gael tröedigaeth.

Mae'r waliau'n toddi a dw i'n codi, fel plymiwr yn dychwelyd o waelod y môr. Dw i'n gweld y golau gwyn uwch fy mhen yn cryfhau.

19

Beth Ti'n Neud yn Fan'ma?

"Ffôn! Ble mae fy ffôn?" gwaeddodd Elliw.

Roedd wedi deffro, ac ymhen rhai eiliadau roedd yn barod i gofio am ddigwyddiadau ddoe. Crynodd drwyddi. Roedd hi'n oer ac eisiau crio. Daeth yn bryd rhoi'r gorau i'r wibdaith, siŵr o fod. Penderfynodd ddweud wrth Efa ei bod yn ildio a'i bod yn barod i fynd gartre. Roedd wedi blino ar ei gwibdaith. Roedd hynny'n beth twp, hefyd. Taith oedd hon, nid gwibdaith. Ble'r oedd ei ffôn, felly?

Wedi cwympo i gysgu ger drws yr eglwys ym Mhennant Melangell, ac wedi cael tamaid o gysur o awyrgylch iach y lle, roedd wedi agor ei llygaid mewn gorsaf. Doedd dim rhaid iddi ofyn lle'r oedd hi. Ar y platfform gyferbyn â hi, roedd arwydd yn datgan yn hollol glir ei bod ym Machynlleth. Doedd Elliw ddim yn barod am syndod arall. Bore da, Machynlleth, dywedodd wrthi'i hun yn sarcastig. Rhywle yng nghefn ei meddwl roedd Pawel ond nid nawr oedd yr amser i feddwl amdano fe. Roedd yn rhaid iddi fynd gartre, ond bydde hynny yn broblem fawr gan na allai gofio lle'r oedd ei chartref. Nid y platfform gwag am chwech y bore oedd ci chartref, felly ble ym mhedwar ban y byd oedd e?

Wrth i'w dagrau gronni chwiliodd yn orffwyll yn ei bag teithio. Taflodd gynnwys ei bag ar y platfform nes sylweddoli nad oedd ei ffôn ynddo. Allai hi ddim ildio, allai hi ddim rhoi'r gorau i'r cyfan wedi brwydro gymaint, ond roedd wedi cyrraedd pen ei thennyn. Pwysodd yn ôl ar gefn ei chadair, ac wylo'n hidl.

Teimlai Elliw ei bod wedi newid o fod yn deithiwr i fod yn berson digartref. Ymfudwyr, a chrwydriaid, dyna'r bobl sy'n trio byw ar y ffyrdd, allan yn y glaw a'r gwyntoedd, a hithau yn un ohonyn nhw bellach.

Am rai munudau, syllodd Gwenno arni hi, a phan sychodd ei dagrau, cododd y ddafad eiddo Elliw yn ei cheg, fesul un, a'u rhoi iddi. Derbyniodd Elliw ei dillad a phopeth arall, a gosod ei heiddo yn ôl yn ei sach, heb ddweud yr un gair.

Doedd gan y ddwy fawr o egni na chyfeiriad. Sylweddolodd Elliw fod yn rhaid iddi ddod o hyd i borfa i Gwenno, ac felly aeth y ddwy dros Bont-ar-Ddyfi – yr hen bont sy'n arwain o'r dre i gyfeiriad y gogledd.

Roedd y tywydd yn anodd ei ddisgrifio. Cymylog, siŵr o fod, ond awgrymai'r awel ansefydlog derfyniadau yn hytrach na dechreuadau. Gan ei bod wedi blino, gadawodd Elliw i Gwenno grwydro. Doedd ei hannwyl ddafad chwaith ddim mewn hwyliau da, ond ymlwybrodd yn araf o un clwt o borfa i'r nesaf. Dilynodd Elliw hi'n ddibwrpas, gan ei bod, erbyn hyn, wedi colli pob diddordeb yn ei gwibdaith.

Wedi crwydro am awr yn ddiamcan, sylweddolodd Elliw fod Gwenno wedi aros o flaen hen fwthyn. Brefodd y famog yn dawel, a'i brefiad yn adlewyrchu diflastod y bore.

"Ydyn ni wedi cyrraedd rhywle?"

Roedd y cymylau wedi ildio'n rhannol i'r haul, a hwythau wedi cyrraedd y bwthyn ar un o'r ysbeidiau heulog hynny ar ddiwrnod digon diflas. Syllodd Gwenno ar y bwthyn pert a'i ardd daclus. Cawsai'r bwthyn ei adeiladu o lechen lwydlas, ac edrychai'n hardd ym mhelydrau'r haul. Ond a oedd y tŷ yn cynnig cysur iddi?

"Stopia fan yma," meddai Elliw wrth Gwenno ac aeth tuag at y tŷ. Cnociodd Elliw ar y drws, a chlywodd rywun yn dod i'w agor.

Yno, safai dynes a chanddi wyneb deniadol gyda gwallt cyrliog tebyg i wallt Elliw ei hun. Roedd ei phedwar deg mlynedd wedi pylu ei gwallt coch ryw ychydig, ond dywedai ei llygaid ei bod yn berson croesawgar dros ben. Edrychai hon fel ei mam.

"Mam? Beth ti'n neud yn fan'ma?"

20

Efa

Rwyt ti'n saff o leiaf, cariad. Gallasai pethau fod yn waeth. Ydw i'n gwneud llanast o hyn? Doeddwn i ddim yn bwriadu dy adael di ar y ffordd rhwng Meifod a Phennant Melangell. Credwn y byddet ti'n dod o hyd i dy ffordd dy hun.

Mae gen i gyfrifoldeb amdani. Dylwn ei gwarchod, er na ddylwn i ei chyfyngu. Mae ganddi hi'r hawl i'w dewisiadau ei hun.

Dyna yw cariad, onid e?

Wel, Elliw, bydda i'n estyn cymorth i ti os bydd rhaid i mi. Ond am y tro dylet ti ymdopi, os gelli di.

21

Gartref

Roedd dryswch ar wyneb mam Elliw.

"Be? Dw i'm yn deall."

"Beth ti'n neud 'ma? Yma ym Machynlleth?" mynnodd Elliw.

"Yma? Dyma dy gartre di."

"'Y nghartre i?" Sut gallai ei meddwl dderbyn hyn? Chwyrlïodd nifer o gwestiynau ym mhen Elliw. Ydy'r tŷ 'ma'n gartre i fi? Mae Mam yn dweud 'mod i'n byw 'ma.

Ymhen hanner awr, roedd Elliw a'i mam, Enfys, a edrychai'n bryderus iawn, yn eistedd yn y lolfa. Ymddangosai'r tŷ yn hanner cyfarwydd i Elliw, er efallai ei bod yn trio'n rhy galed i gofio. Syllodd ar y llenni lliwgar ac ar y soffa ledr ddu. Ydw i'n eu hadnabod nhw, holodd ei hunan, gan geisio ymgolli yn lliwiau ac aroglau'r tŷ i ddod o hyd i un cliw i brofi mai hwn oedd ei chartref.

"Ydy Gwenno'n iawn?" gofynnodd Elliw, wedi iddi fethu â chael dim byd mwy na rhyw frith gof.

"Roedd hi ar ei phen ei hun, ar y ffordd, ond mae hi yn ei chae ei hunan nawr."

Amneidiodd Elliw. Roedd newydd adrodd hanes ei gwibdaith wrth ei mam a hithau'n edrych yn syfrdan arni, heb allu amgyffred dim o'r hyn a ddywedai. Cafodd nifer o fanylion eu hepgor, yn arbennig ei chyfnod gyda Pawel. Roedd digon yn y stori i aflonyddu meddwl Enfys, ac eto, roedd yn anfodlon herio stori'i merch.

Petrusodd Enfys, ond teimlai fod yn rhaid iddi ddweud rhywbeth.

"Ond rwyt ti wedi bod 'ma drwy'r holl amser, drwy gydol yr wythnos ddiwetha," mentrodd ddweud yn ofalus.

"Na 'dw," atebodd Elliw. "Dw i 'di bod ar daith. Dw i wedi dweud wrthot ti, am wythnos gyfan."

Ochneidiodd mam Elliw. "Ti wedi bod yn y ca' gyda Gwenno a'r defed erill, rhan fwya o'r amser. Ro'n i'n credu dy fod ti'n sgrifennu stori neu'n gwrando ar gerddoriaeth ar dy ffôn."

"Amhosib. Dw i wedi dweud wrthot ti am Efa, a'r bobl nad o'dd yn gallu gweld Gwenno, ac am Mrs Prydderch a..."

Anadlodd Enfys yn ddwfn. "Ti wedi teithio yn dy ben, dw i'n meddwl."

"Ti ddim yn 'y nghredu i?"

"Ma hi'n stori annhebygol, on'd ydy?"

Fel y gallai ffenestr fynd yn frwnt, gallai'r meddwl fod yn niwlog.

"Tybed." Gwelodd Elliw am y tro cyntaf pa mor annhebygol oedd ei stori. Teimlodd ei hyder yn crebachu. Ond yn syth bìn, cododd ei hysbryd eto. "Galla i 'i brofi fe," meddai. "Wir i ti, nawr."

Meddyliodd Elliw am gymaint o bethau a allai brofi

bod ei stori'n wir. Tocynnau, derbynebau, pob math o bethau, wrth gwrs. Dangos ei ffôn fyddai'r peth gorau.

"Ie, fy ffôn. Mae negeseuon oddi wrth Efa ar y ffôn. Gallwn ei ffonio hi. Gei di weld 'mod i'n dweud y gwir."

Cofiodd Elliw na allai ffeindio'i ffôn ar y platfform yng ngorsaf Machynlleth, ond doedd hi ddim wedi chwilio'n ddigon caled, siŵr o fod. Arhosodd Enfys wrth i Elliw edrych am ei ffôn yn ei sach deithio. Roedd yn amlwg i'w mam nad oedd Elliw yn gallu dod o hyd iddo. Aeth Elliw yn fwyfwy emosiynol, gan daflu popeth allan o'i sach. Yn y diwedd gwyddai yn iawn nad oedd y ffôn yno. Dechreuodd lefen, a siglai ei chorff yn afreolus wrth iddi dorri ei chalon. Cofleidiodd Enfys ei merch wrth iddi anadlu'n ddwfn rhwng ei hocheneidiau a'i griddfan. Roedd ei merch annwyl yn torri ei chalon. Yn araf a phob yn dipyn sychodd ei dagrau, ond arhosodd ym mreichiau ei mam, wrth iddi wrando ar synau'r tŷ – hymian yr oergell, a symudiad y dŵr yn y peipiau dŵr twym.

"Effaith y ddamwain ydy hyn, dw i'n credu," meddai ei mam yn dawel.

"Damwain?" atebodd Elliw o blygion corff ei mam.

"Y ddamwain wnath dy roi di yn y gader 'ma. Falle bod dy feddwl yn trio ymdopi â'r sefyllfa."

"Pam ti'n dweud 'na?"

"Ma dy daith yn swnio fel petai dy feddwl yn trio delio 'da dy ddamwain, a hynny bron ar yr un pryd â phan 'nethon ni symud 'ma o'r hen gartre ym Maglan."

Doedd dim un arwydd ar wyneb Elliw i awgrymu ei

bod yn cofio llawer am y ffaith iddi fyw ym Maglan.

"Ti'n colli dy ffrindie, falle? Glesni a Haf?"

Cafodd pryderon Enfys eu cadarnhau gan yr olwg ar wyneb ei merch. Roedd yn ffrindiau mor agos â Glesni a Haf dim ond chwe mis ynghynt, ond rywsut ni chreai eu henwau unrhyw ymateb ar wyneb Elliw.

———

Byw mewn gwacter wnaethon nhw yn ystod y dyddiau wedyn. Treuliodd Elliw yr oriau'n gwneud y pethau cyffredin fel bwyta a chysgu. Byddai'n dihuno bob bore wedi breuddwydio am ferch sy'n paentio yn ystod y nos. Byddai'r portread ar y stand o flaen y ferch, ond byddai'n gorchuddio'r wyneb â haen o baent trwchus. Wyneb Pawel fyddai'n diflannu o dan haen las golau a châi Elliw ei dychryn gan yr hunllef hon.

Âi ei mam â hi at y meddyg bob wythnos, ond ni ddaeth i unrhyw gasgliad ar ôl sawl sesiwn o siarad. Penderfynwyd felly fynd â hi at arbenigwr mewn 'achosion o'r fath'. Doedd dim llawer o ddiddordeb gan Elliw mewn darganfod pa fath o achos oedd hi. Clywodd ymadroddion newydd fel 'pennod seicotig' a 'cyflwr ffiwg', wrth i'w mam siarad ar y ffôn. Ni ddeallai Elliw arwyddocâd yr holl eiriau technegol hyn, ond deallodd yn iawn na fyddai neb yn ei chredu byth.

Âi Elliw mas i'r cae bob dydd i ymweld â Gwenno. Ond nid oedd dim byd anarferol yn ymddygiad ei ffrind gwlanog chwaith. Roedd bellach yn ddafad fel pob dafad arall ac eithrio ei bod hi'n haws mynd ati nag at y defaid eraill, gan iddi gael ei magu ar botel fel oen swci. Byddai hi'n bwyta pelenni oddi ar gledr llaw Elliw, ond doedd dim byd yn ei llygaid i gadarnhau nac i wadu eu profiadau yng nghwmni ei gilydd.

Chwiliodd Elliw yng nghorneli ei meddwl am ryw fath o dystiolaeth i gadarnhau ei stori. Ei ffôn fyddai'n rhoi'r prawf pendant, ond roedd yn dal i fethu dod o hyd iddo. Ai cyd-ddigwyddiad oedd hyn? Bydd pobl yn colli'u ffonau drwy'r amser. Neu a oedd hyn yn rhan o gynllun Efa, yn un o'i chyfrinachau? Oedd Efa wedi mynd â'r ffôn am ryw reswm nad oedd Elliw yn ei ddeall, ac na fyddai'n ei ddeall byth, yn ôl pob tebyg? Roedd trydydd eglurhad ynghylch colli'i ffôn nad oedd Elliw eisiau ei gyfaddef, sef bod ei mam yn dweud y gwir. Roedd ei mam yn rhesymegol pan ddywedodd wrth Elliw ei bod yn annhebygol bod ei stori'n wir. Roedd yn ceisio bod yn garedig tuag ati, ond pa mor annhebygol yw ei stori? Ydy hi'n amhosib? Ac os ydy Elliw yn credu rhywbeth sy'n amhosib ei wireddu, beth mae hynny yn ei ddweud amdani?

Edrychodd Elliw sawl gwaith ar gynhwysion ei bag, yn y gobaith y byddai'n dod o hyd i docyn neu dderbynneb, neu unrhyw beth a fyddai'n cadarnhau ei stori. Ni allai gredu bod stori mor rhyfedd yn diweddu mor sydyn a heb adael unrhyw dystiolaeth. Ond aeth y dyddiau heibio o un i un heb iddi dderbyn neges oddi wrth Efa.

"Mam."

"Ie?"

"Beth yw'r gwahaniaeth rhwng taith a gwibdaith?"

"Sa i'n gwbod... ar ôl gwibdaith ti'n cyrradd gatre?"

"... a ti'n gadael gatre ar ddechre'r daith?"

"Tybed."

Ar fore diflas, cafodd Elliw syniad ond dylai hi fod wedi sylweddoli'n syth mai codi sgwarnog oedd hynny. Meddyliodd am y galon wellt a wnaeth Pawel iddi. Teimlai'n sicr fod y galon yn dal i hongian ar ddrws yr eglwys ym Mhennant Melangell. Doedd dim diben gofyn i'w mam fynd â hi i'w ffeindio hi. Roedd Elliw eisoes yn ordeimladwy am fod Enfys yn ciledrych arni mor bryderus drwy'r amser. Pe gofynnai am gael mynd yno, byddai'n gweld mwy o bryder ar wyneb ei mam. Allai Elliw ddim ymdopi â hynny. Daliai ei hymennydd i sganio'r byd am dystiolaeth o'r hyn y gwyddai Elliw ei fod yn wir. Rhuthrodd i edrych am y gôt weu roedd yn ei gwisgo wrth fynd ar ei gwibdaith. Aeth yn syth i'w phocedi i chwilio ac yn y boced dde daeth o hyd i dameidiau bach o ddeunydd cyfarwydd.

Ai gwellt o'r galon wellt a wnaeth Pawel iddi oedd yn ei phoced? Allai hi ddim penderfynu ac aeth i chwilio am chwyddwydr. Drwyddo gwelodd bedwar darn ar gledr ei llaw, ond eu lliw a'u deunydd yn dal yn aneglur. Gwyddai, pe byddai'n dangos y darnau i'w mam fel tystiolaeth, y byddai'n credu ei bod yn hollol wallgof ac y gwnâi hynny hi'n fwy pryderus fyth. Roedd wedi hen flino ar olwg ddrwgdybus ei mam, er y gwyddai mai bod yn garedig oedd ei bwriad. Sylwodd Elliw nad oedd y gwellt yn ddigon o dystiolaeth ac fe'u taflodd i ffwrdd yn siomedig.

 ~~~~

Gyrrodd Enfys Elliw i'r Borth yn y car gan feddwl trefnu gwersi nofio iddi ar ôl clywed bod paraplegigion yn gallu nofio. Roedd hefyd wedi ystyried mynd â hi i lan y môr gan ei bod mor hoff o nofio cyn y ddamwain.

Câi Enfys drafferth deall beth oedd wedi digwydd i Elliw yn feddyliol, ond gwyddai sut i ddarllen ei hwyliau ac roedd yn amlwg o'r dechrau y byddai'r prynhawn hwn yn un anodd. Ar ôl cael hufen iâ a chrwydro'n ddibwrpas ar hyd stryd fawr hir y pentref, sylweddolai nad oedd llawer ganddyn nhw i'w ddweud wrth ei gilydd. Wedi cyrraedd mainc bren eisteddodd y ddwy gan syllu ar y gorwel. Dyna'r un gorwel yn union a welsai Elliw gyda Pawel, ond pe byddai wedi ceisio agosáu ato yn feddyliol, byddai wedi diflannu, fel y gwnâi Pawel bob amser.

"Ydw i'n mynd yn wallgo, Mam?" gofynnodd Elliw.

"Nac wyt, ddim o gwbl..."

Cuddiodd y tawelwch ansicrwydd Enfys oherwydd doedd hi, erbyn hynny, ddim yn hollol siŵr o ddim byd.

22

Gwyn

"Welsh or English?"

"*Welsh*. Cymraeg. Diolch."

"Iawn."

Lle gwnaiff e ddechrau, meddyliodd Elliw, ond nid oedd yr agoriad o fawr syndod iddi.

"Dwedodd dy fam dy fod ti wedi bod ar ryw fath o siwrne."

Ymddangosai tôn y seiciatrydd braidd yn nawddoglyd... a gwingodd Elliw.

"Do, es i ar ryw fath o siwrne," meddai'n swta.

Dyfalodd Elliw fod y gŵr o'i blaen tua phum deg pump oed a cheisiodd ddehongli sut berson oedd hwn mewn gwirionedd. Sylwodd Elliw ar ei gorun moel, a sbectol ffrâm aur yn gorwedd yn isel ar ei drwyn. Er nad oedd yn gwenu, doedd e ddim yn gwgu chwaith, ond roedd e'n anfwriadol nawddoglyd. Cododd hynny wrychyn Elliw. Disgwyliai y byddai'n ceisio tanseilio'i stori, ac yn gwadu iddi gael y profiadau a ddisgrifiai.

Ond erbyn hyn, roedd ei dagrau wedi cilio ac roedd hi'n barod i sefyll yn gadarn yn erbyn yr holl fyd.

"Ti eisiau dechrau yn y dechrau?"

Y bore hwnnw, roedd Elliw wedi dewis ei dillad

mwyaf ffurfiol, fel y cam cyntaf i amddiffyn ei stori. Gwisgai flows wen a honno wedi'i botymu hyd at ei gwddf, a'i gwallt wedi'i glymu y tu ôl i'w phen. Edrychodd o'i chwmpas yn y gobaith o weld lliwiau hapus i godi'i hysbryd, ond roedd yr ystafell yn fwriadol heddychlon a di-liw er mwyn tawelu'r ymwelydd. Edrychai hi'n hollol ddigynnwrf mewn ystafell oer, er nad oedd hynny'n nodweddiadol o'i gwir natur.

Gan ei bod yn mynd i gyfiawnhau ei stori i'r eithaf, roedd yn rhaid agor yn bendant.

"Fe ges i alwad."

"Mmm. Pwy wnaeth yr alwad i ti?"

"Efa."

"Mmm. Pwy 'di Efa?"

"Fy ffrind." O'dd hi'n ffrind da i fi, meddyliodd Elliw.

"Mmm. A ble cwrddaist ti ag Efa?"

"Hi wnath fy ffonio i."

"Mmm."

"Wnewch chi beidio â dweud 'mmm', plis. Mae'n swnio'n ddiflas i fi."

"Mae'n flin gen i," ymatebodd y seiciatrydd yn hollol broffesiynol ac yn ddigyffro.

"Bydd Efa yn dweud 'mmm' yn aml hefyd, ond ma hynny'n wahanol."

"Sut ma hi'n wahanol?"

"Jyst yn wahanol."

Mae'n debyg iawn y bydd yr awr hon yn un hir, meddyliodd Elliw wrthi ei hun.

Saib.

"Am beth rwyt ti eisiau siarad?" Roedd y dyn yn ceisio dod o hyd i ongl newydd i'r cwestiynau.

"Pawel" fyddai'r ateb cywir, ond doedd Elliw ddim yn barod i'w drafod e. Chwiliodd am ateb arall.

"Es i i Aberafan."

"Ar dy ben dy hun?"

"Na, ro'dd Gwenno 'da fi."

"Dy anifail anwes yw Gwenno?"

"Dafad yw hi. Dw i wedi'i bwydo hi ers pan o'dd hi'n oen bach." Ychwanegodd Elliw y manylyn amherthnasol hwn er mwyn dangos ei bod yn fodlon siarad.

"Roeddet ti yn Aberafan, felly."

"O'n, ac fe ges alwad gan Efa." Yn fwriadol ro'dd Elliw yn mynd rownd mewn cylchoedd.

"Be ddwedodd Efa?"

"Dwedodd y dylwn i fynd ar wibdaith."

"Pa fath o daith?" Dyma oedd cyfle Elliw i gwyno, a gwnaeth hynny.

"Gwibdaith. *Gwibdaith,* ddwedes i."

"Mmm."

Ddylwn i ddweud rhywbeth eto am y mmms, meddyliodd Elliw.

"Pam? Pam roedd rhaid i ti fynd ar wibdaith?" holodd y seiciatrydd.

"Gan fod..." Stopiodd Elliw. Roedd ar fin egluro ond diflannodd y rheswm o'i meddwl, yn llwyr. Beth oedd y rheswm?

"Bydde'r wibdaith yn ddefnyddiol i fi."

"Oedd hi'n ddefnyddiol?"

Mae hyn fel gêm o wyddbwyll, meddyliodd Elliw.

"O'dd, wrth gwrs," atebodd er nad oedd hi'n hollol sicr.

"Beth oedd diben y wibdaith?" holodd y seiciatrydd wedyn.

"'Nes i gwrdd â phobl newydd. Ces i brofiade da. Dysgais i lot o bethe."

"Be ddysgaist ti?"

Roedd Elliw yn siomedig gan iddi wneud camgymeriad. Roedd wedi rhoi cyfle i'r seiciatrydd ofyn cwestiwn syml arall iddi, cwestiwn nad oedd ganddi ateb parod iddo. Beth ddysges i? Roedd yn rhaid iddi ymateb yn reddfol.

"Pan ddaeth y Gwyddelod i Abertawe, roedd yn rhaid iddyn nhw lusgo'u hunain dros y mwd a'r tywod, a byddai'r Cymry'n eu galw nhw'n *sandcrawlers*."

"Wir?"

"Wir."

Yna, bu saib hir arall.

Elliw dorrodd ar y tawelwch drwy ofyn i'r seiciatrydd, "Beth yw dy enw di 'to? Dw i wedi anghofio."

"Gwyn."

"Ie, Gwyn, dyna fe." Roedd Elliw yn ymylu ar fod yn anghwrtais.

O dipyn i beth, fe berswadiodd Gwyn Elliw i ymhelaethu. Adroddodd ei hanes tan iddi hi gwrdd â Mrs Prydderch.

"Ai yn y gaeaf roeddet ti yno?" gofynnodd Gwyn. Roedd wedi cael fersiwn o'r stori gan Enfys yn barod a gwyddai rai o'r manylion, er ei fod yn credu bod yr hanes a gawsai gan y fam braidd yn ddryslyd.

"Ie." Sylweddolodd Elliw pa mor llonydd yr eisteddai Gwyn yn ei gadair ac nad oedd yn cofnodi gair ar bapur.

"Ond dechreuaist dy siwrne yn Aberafan yn yr hydref, dim ond dau ddiwrnod cyn i ti gyrraedd cartre Mrs Prydderch. Ble'r oedd y tŷ, gyda llaw?"

"Rhwng Aberteifi a Cheinewydd. Dw i ddim yn siŵr yn union."

"Mae'n rhyfedd bod y tymhorau'n newid mor gyflym, on'd ydy?"

"Yn y gwanwyn ro'n i yn Aberystwyth," ebychodd Elliw, ond wedi dweud hynny difarodd yn syth. Ymddangosai'r pentwr o ddigwyddiadau rhyfedd yn amheus.

Oedodd Gwyn. Cododd feiro oddi ar y ddesg wrth ei ymyl, ond ailfeddyliodd a'i hailosod. Roedd yn myfyrio ar rywbeth a ddywedodd, ond allai Elliw ddim dyfalu beth.

Yn y diwedd, dywedodd Gwyn, "Deud wrtha i am dy ddamwain. Beth deimlaist ti pan wnest ti sylweddoli na fyddet ti'n gallu cerdded byth wedyn?"

—〰—

Mae ei llygaid yn agor i fyd o boen a dim poen. Mae'n tynnu ei bawd dros ei bol i ddarganfod y ffin newydd. Mae hi'n ochneidio.

Amser iddi asesu ei hun. Braich dde: poenus iawn, mewn plastr – wedi torri yn ôl pob tebyg. Braich chwith:

cleisie'n rhy niferus i'w cyfrif, ond dim gwaed o leia. Pen: rhwymyn wedi'i glymu amdano. Anodd dweud faint o niwed. Bron: gwaed sych.

Beth am ei choese annwyl, siapus a chryf? Dy'n nhw ddim yn ymateb. Mewn amrantiad mae hi'n gwybod bod hanner ei chorff ar goll, yn gwybod na fydd yr hanner hwnnw byth yn gwella.

Cyn bo hir daw'r dagre, a falle mai llefen fydd hi am byth. Roedd y diffyg synhwyre fel cysgod dros ran isaf ei chorff. Arbrofodd â'i bysedd. Teimlad. Dim teimlad. Cnawd byw a chnawd marw ar yr un pryd.

Mae ystyr y gair *fi* wedi newid. Bu hi'n ferch ifanc yn gwisgo ffrogiau haf a'r rheiny'n chwifio yn yr awel. Bu hi'n ferch ifanc unwaith a fyddai wrth ei bodd yn dawnsio gyda'r merched eraill yn llawn hyder. Mewn cadair olwyn wnaiff ei ffrogie byth chwifio mwy yn yr awel a hithau'n ferch wahanol bellach. Sut y gwnaiff fy ffrindie ymateb? Fyddan nhw'n gofyn, "Dere i ddawnsio 'da ni, yn dy gadair?"

"Dw i ddim isie eu tosturi." Caiff ei synnu gan ei llais ei hun, gan iddi siarad yn uchel.

Daeth syniad i'w meddwl, syniad mor ffiaidd. Pa fath o fachgen fydde isie cariad mewn cadair olwyn? Rhywun oedd yn methu dod o hyd i gariad 'normal'. Ai rhywun creulon neu rywun hyll? Roedd wedi bod yn gobeithio y byddai hi a Rhodri… wel, amhosib bellach. Er bod Rhodri'n olygus, gwyddai nad oedd yn fachgen aeddfed. Gan fod criw o ferched eraill yn ei ffansïo hefyd, fydde fawr o siawns ganddi hi mewn cadair olwyn. Beth am Iwan, meddyliodd. Hmm.

Tyn ei bawd dros ei bol unwaith eto.

Mae hi wedi gweld y dyfodol ac mae'n barod i lefen, os yw hynny'n iawn gyda phawb.

"Dim llawer. Dw i'm yn cofio lot cyn y ddamwen," meddai Elliw.

Craffodd Gwyn arni. Roedd yn amlwg nad oedd hi'n gallu ei argyhoeddi.

"Dw i wedi dweud fy stori. Beth arall y'ch chi isie i fi ddweud?"

Osgôdd Gwyn ddweud "mmm", y tro hwn.

"Mae dy fam am i ti fod yn hapus."

"Dw i yn hapus."

Celwydd oedd hyn, a doedd dehongliad Elliw o'r gair 'hapus' ddim yn debyg i fersiwn ei mam.

"Dwedodd dy fam dy fod ti wedi blino'n lân ac yn ddigon anhapus pan ddest ti adre ar ôl dy 'daith'."

Clywodd Elliw yr anghrediniaeth yn ei lais wrth ddweud y gair 'taith'.

"Gwibdaith! Mynd ar wibdaith 'nes i," meddai Elliw, gan bwysleisio'r gair.

"Beth yw'r gwahaniaeth?" gofynnodd Gwyn. Roedd hwn yn gwestiwn digon rhesymol, meddyliodd y seiciatrydd.

"Fyddech chi ddim yn deall," atebodd, er na ddeallai hi chwaith.

"Pam oeddet ti mor anhapus pan ddest ti adre?"

"O'n i wedi blino, ond dw i'n iawn nawr."

"Ac ma popeth yn iawn erbyn hyn?"

"Dim problem o gwbl, diolch."

Roedd hi'n cuddio rhywbeth, sawl peth, yn ôl pob tebyg. Sylweddolai Gwyn nad oedd hi wedi adrodd y stori gyfan wrtho.

"'Naeth rhywun niwed i ti, ar dy..." petrusodd Gwyn, "dy wibdaith?"

"Yy... naddo."

Meddyliodd am Pawel. Ni chafodd niwed ganddo, ond gwnaeth meddwl amdano achosi iddi faglu.

Edrychodd Gwyn arni'n amheus.

Mae rhywbeth nad yw hi eisiau siarad amdano, meddyliodd, ond cyn iddo allu ei holi torrodd Elliw ar draws ei feddyliau.

"Ga i fynd nawr?"

Roedd holi am gael gadael yn gadarnhad ei bod yn cuddio rhywbeth.

"Mae ugain munud arall gynnon ni."

"Dw i isie mynd."

"Rwyt ti'n osgoi siarad am rywbeth, neu mae 'na fylchau yn dy gof di. Mae 'na gyfnodau dwyt ti'n cofio dim byd amdanyn nhw, efallai."

"Dw i'n cofio popeth, 'sdim problem 'da fi. Hoffwn i adael nawr, wir."

"Wrth gwrs, gelli di fynd, 'te, os wyt ti wir eisiau."

Yna, yn sydyn, teimlai Elliw yn ansicr ynglŷn â gadael, ond er mwyn cadw'i hunan-barch, dechreuodd lywio'i chadair allan o'r ystafell. Wrth iddi adael gofynnodd Gwyn un cwestiwn olaf iddi.

"Wnei di rywbeth i fi, cyn y sesiwn nesaf?"

"Beth?"

"Meddylia beth yw arwyddocâd dy stori."

Ni ddeallai Elliw hyn o gwbl.

"Oes 'na arwyddocâd?" gofynnodd.

"Mae 'na ystyr ddofn bob amser. Rwyt ti wedi siarad am fudo, colli cartref, dadleoli."

"Ocê."

Ond nid meddwl am arwyddocâd ei stori fyddai Elliw. Roedd llawer o bethau eraill ganddi i feddwl amdanynt, Pawel yn enwedig.

———

Pan ddaeth ei ddiwrnod yn y gwaith i ben, doedd Gwyn ddim yn credu bod y diwrnod yn un anarferol o gwbl, ac ni threuliodd funud yn meddwl am y ferch yn y gadair olwyn. Roedd wedi adrodd ei stori ryfedd a disgwyliai Gwyn i'r canlyniad fod yn debyg i'r arfer, sef rhoi cwrs o gyffuriau iddi a threfnu therapi siarad, yn ôl pob tebyg. Pe na bai hynny'n llwyddo byddai'n rhaid iddi gael ei chadw mewn 'lle diogel'. Gwyddai Gwyn fod y lleoedd diogel hyn yn anghysurus i'r mwyafrif ac na fyddai byth yn gysurus yn anfon claf yno.

Teimlai fod y pwysau gwaith yn drwm braidd, ac ar y penwythnosau'n enwedig, byddai ymddeol yn rhywbeth i'w ystyried er mwyn cael hamdden i ddarllen a mynd am dro gyda'i wraig, Delyth. Gobeithiai y câi'r hamdden i drin ei wraig yn sensitif, gan iddynt wynebu problemau difrifol ynglŷn â'u plant, problemau ariannol, a phroblemau yn ymwneud â'u swyddi. Wedi sylweddoli ei fod yn meddwl am ei ddyfodol pleserus, crafodd ei ben â choes ei sbectol. Yna cododd i fynd adref, ac ni feddyliodd ragor am y ferch fach gyda'r gwallt coch cyrliog a'i hanes dryslyd.

23
Caleidosgop

Caleidosgop yw'n bywyd ni. Bob eiliad mae'r cynhwysion yn newid. Cytgordiau newydd, cyferbyniadau newydd, cyfuniadau newydd o bob math. Nid oes dim byd yn digwydd yn union yr un fath ddwywaith. Mae'r bobl fwyaf clòs at ei gilydd yn creu cysylltiadau newydd â'i gilydd, trwy eu gwaith a thrwy'r hyn sydd o'u cwmpas.

Henry Ward Beecher

24
Ansbaradigaethus

Ar ei phen ei hunan mae Elliw. Mae'i galar wedi pylu ychydig, er ei bod yn dal i ofidio, ac mae hi wedi penderfynu adeiladu dyfodol newydd. Yn y lolfa, mae hi'n meddwl am ymarfer paentio, fel gweithgaredd y gallai ei wneud mewn cadair olwyn. Efallai, pe bai'n ymarfer yn galed iawn, y gallai ddod yn ddigon crefftus i ennill arian drwy werthu ei lluniau. Daw'r heulwen drwy'r ffenestr a gwêl Gwenno'n pori yn y cae. Mae'n rhyw deimlo bod blas gwahanol ac arogl anarferol ar yr heulwen ers iddi ddod gartre, os aeth hi i ffwrdd o gwbl. Mae'r cloc yn tician ond ni ddaeth y munudau a aeth heibio ag unrhyw gysur iddi. Gwnaeth y sesiwn olaf gyda'r seiciatrydd hi'n ddihyder. Caiff yr argraff ei fod yn ddyn cynllwyngar ac yn dyfalbarhau â'i gwestiynau treiddgar. Fydd hi'n llwyddo i wrthsefyll ei gwestiynau?

Clyw ffôn y tŷ yn canu, er nad yw Elliw yn disgwyl galwad gan neb.

"Helô?"

"Elliw?"

"Efa!?"

"Ie. Fi sy 'ma."

Mewn eiliad roedd Elliw yn llawn cynnwrf, yn gweiddi, "Pam? Pam?"

Wrth ddisgwyl i Efa ei hateb, gallai Elliw glywed yr adar llwydion bach yn y nyth yn y to'n trydar yn swnllyd.

"Mi geisia i egluro."

Anadlodd yn ddwfn.

"Wel?" Un gair ydoedd, ond roedd yn air angerddol.

"Bydd popeth yn iawn, yn y diwedd," meddai Efa.

Daethai Elliw i adnabod yr hen dôn gysurlon yn llais Efa, ond wnaeth hi ddim ymateb, dim ond disgwyl am ei heglurhad.

"Mae'r holl beth yn ymddangos yn astrus i ti, on'd ydy?" meddai Efa. "Ond mae'n rhaid i ti weld y sefyllfa o gyfeiriad arall."

"O safbwynt y seiciatrydd? Beth ydy'i enw e?" Pam na allai gofio'i enw.

"Gwyn. Mae gan Gwyn ei ddehongliad ei hun o'r sefyllfa, wrth gwrs, ond doedd o ddim yn gallu gweld yr hyn sy'n digwydd, chwaith."

Gan herio Efa, dywedodd Elliw wrthi, "Ac rwyt ti'n gallu ei weld?"

Saib.

"Ydw, gan i mi ei greu," atebodd.

Ond credai Elliw fod Efa yn petruso ychydig wrth ymateb. Oedd Efa, a hithau wedi bod mor argyhoeddedig hyd yn hyn, yn amau ei hunan?

"Ti a greodd beth? Popeth? Y byd cyfan?"

"Dw i wedi creu'r gwir."

"Ti sy wedi creu'r gwir," adleisiodd Elliw'n amheus.

"Ie. Fi. Fi sydd wedi creu dy wir bersonoliaeth di."

Y tro hwn, swniai'n fwy hyderus, ond newidiodd ei geiriau o 'greu'r gwir' i 'greu dy wir bersonoliaeth di'.

"Ocê. Iawn. Sut 'nest ti greu fy ngwir bersonoliaeth i?" mentrodd Elliw ofyn, gan ei chlywed yn anadlu'n ddwfn unwaith eto.

"Ti'n gwbod, mewn chwedlau, mae..."

Byddai Efa'n ymbalfalu am ei geiriau pan fyddai hi'n ansicr, meddyliodd Elliw cyn torri ar ei thraws.

"Paid â sôn am chwedlau. *Pwy* wyt ti?"

"Efa. Dy ffrind di."

Saib.

"Fel Adda ac Efa?" holodd Elliw.

"Falla. Mae'n golygu *bywyd*."

"Be?"

"Efa. Yr enw. Ystyr y gair ydy *bywyd*," eglurodd Efa.

Archwiliodd Elliw'r enw yn ei meddwl fel petai am y tro cyntaf. E-f-a. "Lle rwyt ti nawr?" holodd Elliw gan drio dod o hyd i rywbeth pendant.

Saib. Ydy Efa'n ystyried tybed a ddylai hi ddweud y gwir wrth ateb?

"Llanystumdwy."

"Ble mae Llanystumdwy?" gofynnodd Elliw gan taw ym Maglan y cafodd ei magu.

"Dyw e ddim ymhell o Gricieth."

"Wir?"

"Wir."

Roedd yn fodlon derbyn ateb Efa.

"Be sy yn Llanystumdwy?"

"Canolfan ysgrifennu," atebodd Efa.

"Ti'n sgwennu?"

"Ydw."

"Reit. Efa-sy'n-golygu-bywyd wyt ti. Pam fod angen i ni, Pawel a fi, gael ein gwahanu? Pam?"

"Ro'n i'n sôn am chwedlau..."

Teimlai Elliw ei bod hi'n nofio yn erbyn y lli.

"Chwedle? Pam ry'n ni siarad am chwedle?"

"Ti wedi clywed am arwresau fel Branwen a Rhiannon, yn do?"

"Yn yr ysgol, wrth gwrs."

"Roedd yn rhaid iddyn nhw ddilyn trefn eu stori. Doedd dim dewis ganddyn nhw."

"Fel'na mae chwedle yn gweithio," meddai Elliw yn amyneddgar.

Drwy'r ffenestr gwyliodd Elliw Gwenno a'r defaid eraill yn pori yn y cae cyn dychwelyd i wrando ar Efa.

"Mae'n rhaid i'r arwres dderbyn ei ffawd, gan ei bod hi wedi cael ei chreu i fod yn rhan o'r chwedl ac felly dylai hi gerdded llwybr y chwedl, er ei bod hi'n anhapus weithiau. Mae'n arwes am ei bod hi'n derbyn ei ffawd a'i thynged."

"Ddylwn i dderbyn popeth felly?" meddai Elliw.

Ond cywirodd Efa ei hun. "Ddim yn union. Roedd defnyddio'r gair 'derbyn' yn anghywir. Mae arwres yn gweld trefn ei bywyd yn glir a bydd hi'n dioddef weithiau. Ond arwres yw hi os gwnaiff ymateb i'w her mewn modd ysbrydol."

"Ydw i fel Rhiannon neu Branwen, 'te?"

"Rwyt ti'n union fel nhw."

"A bydd yn rhaid i fi ddiodde fel nhw?"

"Beth yw bywyd heb ddioddefaint?"

"Ma hynny'n iawn 'da fi," dywedodd Elliw, wrth iddi feddwl am ei phrofiadau diweddar.

"Ond mae adfyd a dioddefaint yn ein herio, ac maen nhw'n ein gwneud ni'n well pobl. Rhaid i ni gael ein herio i sicrhau hynny."

"Dw i wedi cael digon ar gael fy herio, diolch," meddai Elliw yn bendant.

"Ac mae hynny wedi dy newid. Rwyt ti'n gryfach bellach, er nad wyt ti ddim yn gwybod hynny eto. Rwyt ti'n bendant yn arwres, ond mae 'na fwy y dylai arwres ei wneud. Mae'n rhaid iddi hi wynebu'r gwirionedd."

"Beth wyt ti'n ei olygu?"

"Meddylia, Elliw. Rwyt ti'n union fel Branwen a Rhiannon."

"Merch?"

"Ie, merch gref. Merch ryfeddol."

"Ond cymeriade mewn chwedle ydyn nhw."

Saib.

"Ie, a ti hefyd," meddai Efa.

"Beth?"

"Ie, a tithau hefyd," meddai Efa gan bwysleisio hyn yn dyner.

"Dw i'm yn deall."

"Fi sydd wedi dy greu di. Fi sy'n sgwennu dy fywyd di."

"Ti'n dweud felly mai cymeriad mewn stori ydw i a dim byd mwy?"

"Rwyt ti'n llawer mwy nag unrhyw gymeriad i fi, ond mewn stori rwyt ti. Rwyt ti'n gwbod hynny ers y dechrau."

Aeth Elliw drwy ei hanes yn ei phen fel petai mewn ffilm, yn pendroni am ei rhyngweithio ag Efa. Roedd yn amlwg fod gan y byd haen ychwanegol nad oedd hi'n gwybod amdani o'r blaen.

"Cymer amser i feddwl am hyn i gyd," ychwanegodd Efa'n fwyn.

"Wyt ti'n ffrind i fi? Wir?" gofynnodd Elliw wrth chwilio am rywbeth sefydlog yn ei bywyd.

"Ydw. Dw i'n ffrind i ti a llawer mwy."

Ni allai feddwl am unrhyw reswm pam y byddai Efa'n dweud celwydd wrthi, o ystyried y digwyddiadau rhyfedd a fu. Daeth teimladau cynnes drosti hefyd wrth gredu y byddai Efa yn ei magu ac yn gofalu amdani. Byddai ystyr i'w bywyd wrth allu siarad ag Efa, a dod yn ffrindiau gyda hi. Byddai hyn yn ffordd o reoli ei bywyd, ac o sicrhau y byddai ei bywyd yn un hapus. Ond ddylai hi fod yn ddig wrth Efa am ddiflannu ar ôl y daith tan yn awr? Allai hi siarad ag Efa yn y dyfodol? Wnaeth hi fethu â gweld yr arwyddion cyn hynny yn ystod ei bywyd? Roedd myrdd o gwestiynau'n llifo i'w meddwl ar yr un pryd, ond rywsut ni wnaethant orchfygu'r teimladau cadarnhaol oedd yn tyfu y tu mewn iddi.

"Wyt ti'n iawn?" Roedd Efa wedi rhagweld yr ansicrwydd hwn.

"Dw i'n dal i feddwl."

Teimlai fel cyw bach yn oedi cyn gadael y nyth am y tro cyntaf.

"Mae'r awdures yn caru ei chreadigaethau am byth."

Nid oedd llais Efa'n uwch nag anadl.

"Fi ac Efa. Efa a fi. Gyda'n gilydd." Roedd Elliw yn myfyrio ar y cyfeillgarwch agos sy'n cael ei gynnig iddi. O dderbyn y syniad, yna fyddai hi byth ar ei phen ei hun a byddai'n osgoi unigrwydd. Roedd y demtasiwn yn fawr, ond a oedd Efa'n dweud y gwir? Roedd hon yn adeg dyngedfennol, a theimlai fod arni angen gronyn mwy o sicrwydd.

"Mae'r holl beth yn ansbaradigaethus! Dydy hynny ddim yn swnio fel fi," dywedodd Elliw yn llawn syndod.

"O sori, dyna hoff air fy mab yr wythnos 'ma, a dw i'n ei ddweud o rŵan."

"Ond fi ddwedodd e, nid ti," meddai Elliw gan brotestio. "Er nad ydw i'n siŵr beth yw ei ystyr. Yn amlwg dw i'n defnyddio dy eiriau di."

"Wyt! Dyna fo."

Yn sydyn, dechreuodd y ddwy chwerthin yn galonnog gyda'i gilydd.

Wrth i'r chwerthin dawelu, gofynnodd Elliw, "Fydda i'n gweld Pawel eto?" Doedd popeth ddim wedi newid.

Wedi ystyried, atebodd Efa, "Mae dy wibdaith di wedi dod i ben, er nad yw dy stori di wedi gorffen."

Roedd hynny'n ddigon i leddfu gofidiau Elliw, am y tro.

Yn y cyfamser, anwesodd Elliw wlân Gwenno. Roedd y ddwy'n ymlacio yn y cae wrth y bwthyn ac Elliw wedi dod â chadair haul i eistedd yn heulwen mis Mai. Daeth Gwenno'n syth i weld a oedd rhyw fath o fwyd ar gael ac yna'n siomedig, gorweddodd wrth draed Elliw gan hawlio sylw.

"Wel, Gwenno, beth ddylen ni wneud? Ro'n i'n gwbod pwy own i, cyn y ddamwain."

Wrth roi mwythau i'r famog sylweddolodd Elliw fod yr amser wedi dod i'w chneifio.

Siaradai Elliw ac Efa eto fel hen ffrindiau ac yna cofiodd Elliw. "Pam 'gwibdaith'?" gofynnodd. "Pam fod 'taith' yn anghywir?"

"Dyna deitl dy lyfr... *Gwibdaith Elliw*."

"Ha! Mae eglurhad i bopeth!" meddai Elliw.

Chwarddodd y ddwy unwaith eto.

25
Mae Angen Atgofion ar Arwres

Deffrodd Elliw ac er nad oedd y byd wedi cylchdroi un cylchdro cyflawn wrth iddi gysgu, gwyddai fod popeth wedi newid. Erbyn hyn, roedd Elliw wedi sylweddoli'r gwacter oedd ynddi hi ei hun. Oedd pawb mor wag â hi? Roedd wedi bod yn cysidro mor brin oedd ei hatgofion, ond, yn ystod ei gwibdaith, bu'n rhy brysur i feddwl am natur dyllog ei gorffennol. Gallai gofio am ei pherthynas â'i mam, diolch byth. Hefyd, cofiai bopeth ers y cyfnod pan oedd ar draeth Aberafan. Gan ystyried ei hatgofion eraill, gwelai ei bod hi wedi deffro ar ôl y ddamwain a bod ganddi gasgliad o ddigwyddiadau pitw eraill, ond eto, doedd y cyfan hyn ddim yn ddigon. Dylai fod ganddi fwy o atgofion, yn enwedig am yr adeg cyn y ddamwain. Doedd dim arlliw yn ei phen o'r cyfnod hwnnw i'w ddwyn i gof. Eto i gyd, mynnai Efa fod Elliw yn arwres, ond doedd Elliw ddim yn sicr o hynny. Oedd cyflawni siwrne od drwy Gymru yn ddigon i gyfiawnhau bod yn arwres? Oedd hi wedi anghofio iddi fod yn ddewr?

Ond wedi deffro'r bore hwnnw, gallai weld ei bywyd ers y ddamwain mewn delweddau disglair, gan gofio am yr adegau euraidd ar lan y môr ac yn y mynyddoedd. Myfyriai Elliw am y teithiau yn y car a gawsai gyda'i mam. Er i'r siwrneiau yn y car fod yn ddiflas ar y pryd, erbyn hyn gallai deimlo'r agosrwydd a fodolai rhyngddynt bryd hynny, ac roedd Elliw mor falch ohonynt. Digwyddiadau cyffredin ac anarferol oedden nhw, rhai cyfnodau anodd a rhai dymunol, ond croesawodd Elliw'r cyfan a theimlai elfen o ddewrder, hyd yn oed, yn amlygu ei hun ynddi. Sylweddolodd iddi ddangos llawer o benderfyniad ac iddi wrthsefyll y bwlio. Ei hanabledd a dynnodd eu sylw, wrth gwrs. Cofiai'r frwydr i ymddwyn yn urddasol wrth wynebu criw bach o lanciau ffiaidd yn yr ysgol. Câi ei hanwybyddu gan ddisgyblion eraill ac amheuai Elliw fod ei hanabledd yn peri iddyn nhw deimlo'n annifyr. Mewn ffordd roedd hynny'n waeth na chael ei bwlio, ond yn ffodus roedd ganddi ffrindiau ffyddlon hefyd. Brwydrasai Elliw yn ddyddiol yn erbyn y creulondeb a'r difaterwch. Wedi hel ei hatgofion newydd, penderfynodd Elliw fod ganddi hawl i deimlo'n falch. Droeon, roedd y byd wedi peri iddi deimlo'n isel, ond nid am gyfnod hir a byddai ei hysbryd yn codi. Roedd ei hysbryd yn wydn fel coeden a fyddai'n plygu mewn storm, ond heb erioed dorri.

Yn ogystal â dysgu cydweithio â phobl eraill, roedd Elliw wedi derbyn trysorau o brofiadau: synau natur, golygfeydd hardd, awelon pur, machludiadau godidog yr haul – roedd y cyfan yn llenwi ei phen. A'r lliwiau! Gwelsai gymaint o liwiau. Hwy roddodd iddi'r gorfoledd mwyaf. Gadawai i gefnfor o liwiau ac arlliwiau lifo drwyddi, nes bod pob cwr o'i meddwl yn disgleirio.

Bellach, gwyddai Elliw pwy oedd hi a'i bod yn

berson gwerthfawr. Na, nid oedd yn enaid perffaith, a theimlai'n edifar na fu bob amser yn hollol garedig wrth ei mam. Ar y pryd, fe'i haflonyddwyd gan ddigwyddiadau yn yr ysgol, er nad oedd hynny'n esgus go iawn. Yn sicr, byddai'n gwneud iawn am hynny. Er gwaethaf hyn oll, roedd ganddi sylfaen gadarn o dan ei thraed. Daliai Elliw i gredu bod Efa'n gor-ddweud wrth ei galw'n arwres, ond doedd hi ddim yn poeni am hynny. Dim ond un dirgelwch oedd heb ei ddatrys. Methai Elliw â chofio'r cyfnod cyn y ddamwain a wyddai hi ddim byd am natur y ddamwain, chwaith.

Gallai Elliw lwyddo i gael cipolwg ar leoedd eraill, gan fod popeth yn ymddangos iddi'n dryloyw. Tasai'n gallu gweld eu gwir ymddangosiad, byddai hynny'n tawelu ei meddyliau, er y sylweddolai na fyddai'r ffordd newydd o weld pethau'n diflannu'n llwyr. Fyddai dim byd yn parhau fel roeddent cynt. Dyma dröedigaeth, meddai wrthi ei hun, a gwyddai'r rheswm dros y newid mawr. Efa oedd wedi bod yn brysur.

Credai Elliw mai pìn inc hen ffasiwn a ddefnyddiai Efa i ysgrifennu. Byddai pìn inc ar bapur drud yn ffordd ddymunol o greu cymeriad ac i roi bywyd iddo.

Breuddwyd #2

Wedi croesi Nant Samsara, gadewch i ni gynorthwyo'r
bodau bywiol i'w chroesi! Wedi ein rhyddhau, gadewch
i ni ryddhau'r eneidiau eraill! Wedi i ni gael ein cysuro,
gadewch i ni gysuro eneidiau eraill!

Aṣṭasāhasrikā Prajñāpāramitā Sūtra

26
Gwrandewch ar Efa

Wedi mynd allan am dro, cyrhaeddodd Elliw y nant oedd yn llifo ryw hanner milltir o'i chartref. Am y tro cyntaf ers ei gwibdaith, roedd wedi mynd allan gyda Gwenno. Doedd Gwenno ddim yn union fel roedd hi wrth iddyn nhw deithio gyda'i gilydd ar eu gwibdaith, ond gan iddi gael ei magu gan Elliw fel oen swci, roedd agosatrwydd rhyngddynt.

"Ydy Pawel yn dod?" gofynnodd Elliw i Gwenno, heb ddisgwyl ateb. Credai fod popeth yn bosib bellach wrth weld y dail yn disgleirio mewn lliwiau llachar. Gorfoleddai dŵr y nant yn ei ryddid a thaflai belydrau'r heulwen yma a thraw. Roedd Elliw yn fodlon dehongli pob dim a welai yn ffafriol a phenderfynodd fod tawelwch Gwenno, hyd yn oed, yn siŵr o fod yn arwydd da. Glaniodd buwch goch gota ar fraich Elliw, gan blygu'r blewiach a'i goglais. Coch a du oedd hon a chwarddodd Elliw gan y gallai weld llygaid Pawel yn lliwiau'r trychfilyn, er mai glas oedd lliw ei lygaid e. Mewn gwirionedd gallai weld lliw ei lygaid ym mhopeth.

━━━◦━━━

"Wyt ti'n dioddef o gur pen yn aml?"

Dyna symudiad amlwg, ebychodd Elliw wrthi ei hun, gan ddal i feddwl am y sesiwn fel gêm o wyddbwyll. Ydy e'n awgrymu bod 'na rywbeth o'i le yn fy mhen i, ar ôl y ddamwain?

Dyma'r peth pwysig cyntaf a ddywedodd, ar ôl y cyfarchion arferol.

Yn anfwriadol dywedodd Elliw yn uchel, "Symudiad amlwg."

Edrychodd Gwyn arni'n ddryslyd, ac ni allai benderfynu a ddylai ofyn i Elliw am ystyr ei hebychiad ai peidio. Gwelodd ferch wahanol o'i flaen y bore hwnnw gan fod y ferch amddiffynnol a ddaeth i'r sesiynau blaenorol wedi diflannu'n llwyr. Er bod ei dillad yn fwy hamddenol, roedd cryfder yn ei hymarweddiad, ei llygaid yn disgleirio a'i hwyneb yn wyliadwrus, ond yn hyderus. Roedd Gwyn yn ddigon craff i sylwi ar y gwahaniaeth mewn amrantiad.

Penderfynodd bysgota ychydig ynglŷn â'r newid.

"Beth sy wedi digwydd, ers y tro diwethaf?"

"Dw i wedi cael sgwrs, wel, sgyrsiau 'da Efa."

"Efa eto?"

"Mae'r enw Efa yn golygu bywyd," mynnodd Elliw.

Cododd Gwyn un ael.

"Reit, Elliw. Am beth rwyt ti wedi bod yn siarad efo Efa?"

"Mae hi wedi egluro popeth."

Cododd Gwyn yr ael arall.

"Popeth?"

"Dw i'n deall nawr be sy wedi digwydd."

Estynnodd Gwyn am ei feiro a daliodd ei law uwchben y papur. Petrusodd Elliw ond doedd ganddi ddim amheuon o gwbl, mynnai gael dweud ei dweud.

"Efa sydd wedi fy nghreu i."

Oedodd Gwyn, gan gredu nad oedd wedi clywed yn iawn.

"Efa. Mae hi wedi fy nghreu i ac mae hi'n fy ngharu i."

"Mae hi'n dy garu di..."

"Ydy."

Dyna'r ymateb roedd wedi'i ddisgwyl ganddo, meddyliodd Elliw, ac wrth iddi sylweddoli ei fod mewn penbleth, gwenodd arno.

Er bod Gwyn wedi delio â myrdd o achosion amrywiol, roedd hwn yn hollol newydd iddo.

"Mae Efa'n ddynes sydd wedi dy greu di ac mae hi'n dy garu di?"

Nodiodd Elliw yn hyderus.

"Y'ch chi'n nabod Rhiannon a Branwen?"

"Yn Y Mabinogi, ydw." Roedd Gwyn yn dal i ddyfalu'r llwybr a ddilynai Elliw.

"Arwresau ydy'r ddwy, ond yn dilyn llwybrau gwahanol."

"Siŵr," atebodd Gwyn yn ofalus.

"Ac maen nhw, Rhiannon a Branwen, yn arwresau sy'n dioddef."

"Tybed," murmurodd Gwyn.

"Fel arwresau mae'n rhaid iddyn nhw ddioddef, dyna sy'n eu gwneud nhw'n arwresau."

Er nad oedd Gwyn yn deall hyn yn berffaith, cytunodd ag Elliw unwaith eto.

"Ry'n ni'n gwbod eu bod nhw'n arwresau, gan eu bod nhw'n ymateb i'w dioddefaint yn ddewr ac yn ddyfeisgar."

"Dyna sut mae bod yn arwres?" Roedd amheuaeth yn llais Gwyn.

"Dy'ch chi ddim o ddifri," dwrdiodd Elliw.

"Dw i ddim yn credu y dylai pob merch ddioddef," protestiodd Gwyn.

"Na fi, chwaith. Sut dylwn i egluro?" Chwiliodd am eiriau addas. "Mae pob arwr neu arwres, 'sdim ots p'un, yn cael eu rhoi ar brawf. Bydde hi'n stori reit ddiflas tase dim byd yn digwydd i'r arwres."

Cytunodd Gwyn yn amheus.

"Dylai'r prawf fod yn anodd, yn boenus hyd yn oed. Dyna beth dw i'n ei olygu wrth ddweud bod pob arwres yn dioddef. Dw i ddim isie gweld merched yn dioddef heb reswm, ond dyw bywyd arwres ddim yn un cyfforddus."

Meddyliodd Gwyn na ddylai ailadrodd y gair 'arwres' mor aml. Ni wyddai am yr un chwedl yn ymwneud ag arwres o'r enw Elliw.

"Bydd yr arwres yn ennill am ei bod hi'n dangos dewrder a dyfalbarhad, sy'n deillio o'i chymeriad."

"Wnaeth Branwen ddim ennill," atebodd Gwyn.

"Dyw rhai arwresau ddim yn ennill, ond maen nhw'n dangos nodweddion sy'n ysbrydoli."

"Wyt ti'n arwres, felly?"

Penderfynodd Elliw osgoi'r cwestiwn.

"Siarad am Rhiannon a Branwen o'n i," meddai hi.

Byddai'n well gan Gwyn pe bai wedi ateb ei gwestiwn, ond gadawodd i'r sgwrs lifo.

"Iawn. Rhiannon a Branwen."

"Pwy wnaeth eu creu nhw?" holodd Elliw.

"Cafodd y chwedlau'u sgwennu amser maith yn ôl. Dy'n ni ddim yn gwbod enw'r awdur."

"Neu'r awdures."

"Neu'r awdures," cytunodd Gwyn.

"Ond fe 'nath rhywun eu creu nhw."

Doedd dim angen i Gwyn ymateb. Symudodd Elliw ei chadair at y ffenestr a syllu trwyddi. Roedd hwn yn symudiad dramatig.

"Mae creawdwr gyda ni i gyd," datganodd Elliw y ffaith amlwg.

Mae hi mor ifanc, meddyliodd Gwyn.

"Does dim dewisiadau 'da fi. Dylwn i ddilyn fy llwybr, heb gwyno."

Daliai Elliw i fod yn ddramatig, ym meddwl Gwyn, ond sylweddolai i ba gyfeiriad roedd y sgwrs yn symud.

"Pwy sy'n gwneud y dewisiadau ar dy ran di, felly?"

"Efa, wrth gwrs."

"Efa."

"Wel, dim ond i fi ofyn iddi bydd yn fodlon newid y manylion, ond ddim y brif stori." Gwyddai fod Efa'n amau ei bod yn fwy rhydd na hynny. Ond roedd yn rhaid cadw pethau'n syml am y tro.

"Ond rwyt ti'n credu ei bod hi, Efa, yn rheoli dy fywyd."

Trodd Elliw, a daeth yn ôl i'w lle gyferbyn â Gwyn. Doedd dim angen i Elliw ddweud gair, roedd yr ateb yn amlwg.

Sylwodd Gwyn nad oedd wedi ysgrifennu gair, a sylweddolodd fod hwn yn achos rhyfedd iawn.

～

Eglurodd Elliw iddo pa mor syml oedd yr holl beth. Sut gallai Efa wybod cymaint amdani? Gwyddai fod Elliw newydd fwyta hufen iâ pan oedd ar y traeth yn Aberafan, gwyddai lle'r oedd Elliw bob eiliad o'r dydd. Gallai wneud hynny gan mai hi oedd yn ysgrifennu'r stori, wrth gwrs.

Dechreuodd Gwyn ddeall y manylion o safbwynt Elliw. Dywedai ei bod yn gymeriad mewn stori, a'i bod wedi'i chreu gan awdur o'r enw Efa. Dyna pam mai Efa oedd ei henw hi – bywyd, wrth gwrs, a hi roddodd fywyd i Elliw, a rheoli bron popeth. Sut roedd tanseilio'r ddamcaniaeth hon? Teimlai fod Elliw wedi rhoi her anferth iddo.

"Mae dy fam yn credu mai hi sydd wedi dy greu di. Beth amdani hi?"

Gwenodd Elliw yn ddifynegiant fel rhywun a edrychai i lawr o gopa mynydd arno. Sylweddolodd Gwyn fod yr ateb i'w gwestiwn mor amlwg fel nad oedd angen iddi ddweud gair.

Wedi cyfnod o dawelwch, sylweddolodd Elliw nad

oedd Gwyn wedi deall o gwbl. "Gwrandewch ar Efa," meddai hi'n dawel a daeth ei bwriad yn glir i Gwyn.

"Rwyt ti'n credu bod Efa wedi creu dy fam hefyd a'i bod yn rheoli'r ddwy ohonoch?"

Doedd dim angen i Elliw ateb oherwydd roedd wedi cytuno heb ddweud gair. Ond gwyddai Gwyn nad oedd y ferch wedi dweud y cyfan wrtho hyd yn hyn. Roedd clywed hogan ifanc yn dweud nad oedd hi a'i mam yn bodoli, neu, o leiaf, mai yn nychymyg rhywun arall roeddent yn bodoli, yn brofiad newydd iddo.

"Mae 'na rywbeth..." dywedodd Gwyn, gan ymbalfalu.

"Ma 'na bobl grefyddol sy'n credu bod y byd cyfan yn bodoli ym meddwl Duw. Ydyn nhw'n wallgo?"

Roedd hynny'n gywir ac yn rhywbeth i feddwl amdano. Roedd gwahaniaeth rhwng yr hyn roedd hi'n ei gredu a'r hyn roedd pobl grefyddol yn ei gredu, wrth gwrs. Ond, ar y funud, ni allai esbonio'r gwahaniaeth. Wrth iddo ystyried hyn, gwelodd yn glir yr hyn nad oedd Elliw eisiau'i ddweud.

"Rwyt ti'n credu 'mod i hefyd yn gymeriad yn yr un chwedl, a'r holl fyd," ychwanegodd mewn syndod.

Ymlaciodd Elliw.

―――

Y noson honno, yfodd Gwyn ei de mewn breuddwyd yn ei ystafell fyw ar ei ben ei hun gan fod ei wraig, Delyth, wedi mynd i'r ymarfer côr. Yr hyn a ddywedodd Elliw am bobl grefyddol oedd y peth mwyaf dyrys iddo. Mae llawer o bobl yn credu bod Duw wedi'u creu a'u bod nhw'n gallu siarad efo Fo. Pe bai wedi enwi Duw yn lle Efa, fyddai hi'n normal? Daliodd ati i geisio deall ei gleient ifanc cyn syrthio i gysgu yn ei gadair.

27

Angladd Mrs Prydderch

Eglwyswraig oedd Mrs Prydderch yn hytrach na chapelwraig, ac yno, yn yr eglwys, yr ymgasglodd pobl at y gwasanaeth. Gosododd Elliw ei chadair mewn man lle gallai weld yr offeiriad. Teimlai'n drist oherwydd marwolaeth Mrs Prydderch, ond bu edrych ar y galarwyr yn fwy diddorol iddi na'r gwasanaeth.

Yn yr eglwys fach dywyll doedd dim mwy na dwsin o eneidiau wedi ymgasglu, torf fechan i alaru am y wraig a gawsai fywyd hirfaith. Ond roedd Cwnstabl Talbot-Williams, y plismon, yno'n gwisgo'i hen iwnifform, yn union fel y cawsai ei ddisgrifio gan Mrs Prydderch. Roedd croen Cwnstabl Talbot-Williams yn llwyd, fel petai mewn hen ffotograff du a gwyn. Ymddangosai sawl un yn y gynulleidfa'n gyfarwydd i Elliw, ond credai iddi eu gweld yn albwm ffotograffau Mrs Prydderch. Ai pentrefwyr y gorffennol oedden nhw?

Ond y person mwyaf trawiadol oedd y ddynes a wisgai fêl ddu dros ei hwyneb, côt ddu hir, sanau duon ac esgidiau duon call. Doedd dim i awgrymu pwy oedd hi. Does dim byd mwy diddorol na dirgelwch, ac felly bu Elliw yn llygadrythu arni heb gywilydd. Safai'n syth, nid fel hen wraig, ond ym marn Elliw fel gwraig ddeniadol, yn hytrach na phert.

Wrth iddi glywed oglau cwyr yr hen feinciau brown tywyll, a sain yr hen emynau'n llawn galar, sylweddolodd Elliw mor ddieithr oedd y profiad. Ond gan fod Efa'n gofalu amdani, teimlai'n well. Doedd Elliw ddim wedi siarad llawer gydag Efa am Pawel, ond credai'n sicr y byddai'n cwrdd ag ef cyn bo hir. Fel Gwyn, roedd Elliw wedi sylweddoli bod ei pherthynas hi ag Efa fel perthynas Cristnogion â'u crefydd ac felly rhoddodd y gobaith am ei dyfodol yn ei dwylo hi. Mae'n anodd byw heb ffordd o ddehongli'r byd a chreu atebion. Roedd Elliw wedi ymddiried y cyfan yn y llais cysurus hwnnw, yn yr un modd ag y byddai pobl yn ymddiried yn yr Iachawdwr, er na chlywsant ei lais go iawn. Rhyw fath o dröedigaeth, dyna oedd ystyr ei siwrne, meddai hi wrthi'i hun.

Gwrandawodd Elliw ar eiriau'r emynau'n fwy nag ar yr offeiriad. Hoffai glywed am iachawdwriaeth a phererindod, dioddefaint a gorfoledd. Dyma'r geiriau roedd hi'n gallu lapio'i hun ynddyn nhw, a theimlo'n glyd. Nid oedd yn grefyddol, na'i mam chwaith, ond roedd yn mwynhau cynhesrwydd yr hen eiriau'n diferu i'w meddwl.

Er bod y diwrnod yn un llwydaidd, disgleiriai'r ffenestri lliw. Nid oedd Elliw yn deall y stori roedden nhw'n ceisio ei hadrodd. Mewn un panel, roedd dyn yn gwisgo arfwisg, yn cario croes ac yn marchogaeth ceffyl. Wrth edrych ar banel arall sylweddolodd Elliw mai angel oedd yno. Ar waelod y llun roedd oen a hefyd cleddyf, helmed a hyd yn oed ganon. Credai Elliw y dylai Cristnogaeth hybu heddwch, ond iddi hi roedd y gwrthrychau hyn yn cyfeirio at ryfel. Ai cael gwared ar arfau rhyfelgar oedd bwriad yr angel? Doedd Elliw ddim yn siŵr. Roedd geiriau Lladin yn esbonio'r olygfa, ond nid oedd y geiriau'n ddefnyddiol iddi hi.

Erbyn hyn roedd pawb yn yr eglwys yn ymddangos yn fwy diflas na thrist, ond doedd dim rhaid i Elliw ddangos bod y gwasanaeth wedi ei meddiannu. Felly, daliai i syllu ar liwiau'r gwydr. Coch fel gwin clared, a glas fel y bore cynnar, y rhain oedd y lliwiau gorau. Rhyfeddai at sgìl y crefftwr a greodd y ffenestri. O'r tu mewn i'r eglwys edrychai'r ffenestri mor lliwgar, mor ysbrydol, ond o'r tu allan yn ddi-liw, bron yn ddu. Eto, yr un ffenestri oedden nhw. Diddorol, meddai'n dawel. Gall yr un peth edrych yn hollol wahanol o gyfeiriadau gwahanol.

Daeth yr angladd i derfyn, a dechreuodd y bobl adael yr eglwys. Roedd bywyd Mrs Prydderch wedi rhychwantu bron i gan mlynedd. Nid yw marwolaeth yn syndod yn yr oed hwnnw, ac felly prin oedd y gwir alaru. Wrth iddi fynd heibio'r ddynes mewn du, winciodd Elliw arni fel petai'n dweud, "Dw i wedi dy nabod di".

28
Efa

Rydyn ni'n gwneud cynnydd, on'd ydyn ni? Mae Elliw'n deall pwy ydy hi ac mae hi'n dal i dyfu. Mae dau fyd yn agosáu at ei gilydd. Mae'r ffiniau rhyngddyn nhw'n denau ac yn dryloyw.

Dw i wedi sylweddoli'r cyfrifoldeb o greu a bod cynnal yn rhan bwysig o'r broses o greu.

Amser maith yn ôl, dywedais wrth Elliw fod 'na fwy o bobl i'w hystyried. Mae angen gweld y gwir eneidiau eraill.

29
Trafod yr Achos

Roedd ar dir cyfarwydd, yn ei swyddfa gyfforddus. Yn yr ystafell hon, ef oedd yr arbenigwr a'r tystysgrifau ar y wal yn dyst i hynny. Roedd yr ystafell wedi gweld digon o ddioddef, a byddai iachâd weithiau hefyd, er nad oedd unrhyw graith ar yr ystafell i gofnodi cymaint o ddrama oedd wedi digwydd yn theatr y meddwl. Cadwai'r pren gloyw a'r lledr brown eu cyfrinachau dan sêl, ond y cwpwrdd ffeilio a gadwai wir gyfrinachau'r ystafell, ac erbyn hyn roedd Gwyn yn dechrau anghofio wynebau a lleisiau'r gorffennol.

"Eisteddwch. Plis."

Gwyddai Gwyn, fel arfer, sut roedd sgwrsio mewn modd diplomyddol, sut roedd siarad efo rhieni, cariadon neu blant am un annwyl oedd wedi 'colli'r ffordd'. Doedd mwyafrif yr achosion ddim yn gymhleth, ond o dro i dro byddai rhywun yn ei roi ar brawf.

"Diolch."

Ni wnaeth Enfys gynnig cychwyn y sgwrs, felly bu'n rhaid iddo agor y drafodaeth yn amhendant.

"Ydych chi wedi gweld newidiadau ers y sesiwn ddiwethaf?" holodd Gwyn, felly.

"Ydw. Mae hi'n ddigyffro, yn llonydd."

Edrychodd Enfys o amgylch yr ystafell a meddyliodd tybed a oedd rhywbeth yn y cannoedd o lyfrau ar y silffoedd a allai fod o gymorth i'w merch.

"Dw i wedi gofyn iddi pam ei bod hi mor dawel, ond mae hi'n dweud nad oes problem ganddi o gwbl ac y dylwn i fod yn hapus drosti. Dw i ddim yn deall fawr ddim y dyddiau hyn am beth sy'n digwydd."

"Ydy hi'n ymddangos yn hyderus? Yn iach?" Gwyddai Gwyn yr ateb cyn holi.

"Ydy. Mae'n edrych yn well na... wel, ers y ddamwain. A dweud y gwir mae'n edrych yn iachach nag oedd hi cyn y ddamwain."

"Ydy hi wedi dweud rhywbeth am ein sesiwn ddiwethaf?"

"Dim gair."

"Mae hi'n gadael y gwaith i gyd i fi," meddai Gwyn, gan siarad ag ef ei hun gymaint ag efo Enfys.

"Gadael beth?"

"Fe ddywedodd hi bethau od iawn yn y sesiwn ddiwethaf. Dw i'n synnu nad ydy hi wedi siarad â chi am hynny."

"Pa fath o bethau?"

Tawelwch annifyr.

"Dwedodd hi fod gan Efa ryw fath o..." Cymerodd Gwyn saib. "Ydy hi wedi siarad am Efa efo chi?"

"Mae hi wedi sôn am ffrind o'r enw Efa a bod Efa o gymorth iddi hi."

"Mae gan Efa ddylanwad mawr arni hi hefyd."

"Mae hynny'n beth da, on'd ydy?" Edrychodd Efa ar Gwyn am gadarnhad. "Mae hi'n edrych mor iach."

"Wrth gwrs, ond mae'n fwy na dylanwad, mmm..."

Edrychodd Enfys yn syn arno.

"Dw i ddim yn siŵr sut i ddweud wrthoch chi'n union."

Sut gallai ddweud nad oedd ei merch yn coelio'i bod yn bodoli? Na, nid bodoli oedd y gair cywir – ei bod yn credu ei bod yn byw mewn rhyw fyd dychmygol. Sut gallai ddweud bod Elliw yn credu ei bod hi, a phawb arall, yn ddim mwy na chymeriadau chwedlonol?

"Mae hi'n credu mai Efa sydd wedi'i chreu."

"Mai Efa yw 'i mam hi?" gofynnodd Enfys.

"Ddim yn union. Mae hi'n credu ei bod hi'n bodoli ym meddwl Efa."

Clywodd Gwyn ei eiriau ei hun. Doedden nhw ddim yn swnio'n argyhoeddiadol.

"Mae hi'n credu ei bod hi'n gymeriad mewn chwedl sy'n cael ei hysgrifennu gan ddynes o'r enw Efa."

Gwyliodd Gwyn hi'n ofalus ond gan nad oedd ymateb, parhaodd. "Nid dim ond hi, ond chi a fi hefyd. Rydyn ni i gyd yn gymeriadau mewn chwedl."

"Y'ch chi 'di clywed y ffasiwn beth o'r bla'n?"

"Nac ydw. Dw i wedi chwilio yn y llawlyfrau, ond wedi methu â ffeindio achos tebyg."

"Ry'n ni i gyd yn rhan o'r chwedl, felly?" murmurodd Enfys.

"Dyna beth mae hi'n ei gredu." Ceisiai Gwyn swnio'n ddidaro, ond roedd yn rhaid iddo fod yn glir hefyd.

"Does dim syndod nad ydy hi am siarad â fi. Y'ch chi'n meddwl 'i bod hi'n berygl iddi hi'i hun?"

"Nac ydw. Tase hi ddim yn siarad fel hyn, byddwn i wedi dweud 'i bod hi'n berffeth iawn, yn hapus hyd yn oed."

Ochneidiodd Enfys, ac fel petai'r naill yn adlewyrchu teimladau'r llall, ochneidiodd Gwyn hefyd.

"Beth ddylwn i neud?" gofynnodd Enfys.

"Dw i ddim yn siŵr. Ond byddwn i'n argymell siarad efo hi, os ydy hi'n fodlon. Peidiwch â'i herio hi. Gwrandewch er mwyn darganfod mwy am ei chyflwr. Allwn ni siarad eto'r wythnos nesa."

"Y'ch chi'n hollol siŵr 'i bod hi wedi dweud hyn i gyd wrthoch chi?"

Mewn gwirionedd, chwilio am lygedyn o obaith roedd Enfys.

"Dyna beth mae hi'n ei gredu."

"Mae hi'n credu bod..."

Ni allai Enfys ddygymod â'r syniad o gwbl ac ni allai orffen y frawddeg. Meddyliodd am ganlyniadau byw mewn chwedl.

Ceisiodd Gwyn feddalu'r sioc. "Mewn ffordd mae'r hyn mae Elliw yn ei gredu'n debyg i'r math o gredoau sydd mewn sawl crefydd."

Roedd Gwyn braidd yn anghyfeillgar tuag at grefyddau o bob math, ond efallai y byddai'r syniad yn gysur i Enfys. Oedd hi wir wedi deall? Roedd bron yn amhosib llyncu'r fath syniad.

"Deall mwy am y sefyllfa, dyna'r peth pwysicaf. Fel y dywedais i, cadwch lygad arni."

"Iawn." Cododd Enfys o'i sedd fel petai mewn breuddwyd gan daro'i choes yn ddamweiniol yn erbyn y ddesg, a gadael heb ddweud gair arall.

"Ydych chi'n iawn i yrru?" gofynnodd Gwyn ond disgynnodd y cwestiwn ar glustiau byddar.

Gwyliodd Gwyn hi'n gadael. Unig blentyn yw Elliw, cofiodd, ac mae Enfys yn rhoi'i holl obeithion ynddi.

30
Problemau Drygioni

Sylwodd Gwyn unwaith eto ar y gwahaniaeth. Gwelodd yr un ferch ifanc yn eistedd o'i flaen, ac ymddangosai Elliw yn annaturiol o iach. Llanwyd pob cornel o'r ystafell â'i thawelwch a'i llonyddwch.

Edrychodd Elliw o'i chwmpas fel actores, i weld beth oedd hyd a lled ei llwyfan. Gwenai'n ddigynnwrf, fel cerflun rhyw santes. Nid oedd wedi siarad gair ers iddi gyrraedd yr ystafell. Eisteddai'n dawel fel person nad oedd geiriau'n bwysig iddi. Cafodd Gwyn y syniad rhyfedd ei bod yn dawel oherwydd y gallai weld ymhellach na phobl eraill, ac nad oedd llawer i'w ddweud am fyd mor dryloyw. Gyrrodd y syniad o'i feddwl yn gyflym, a bu'n rhaid iddo ef agor y drafodaeth.

"Wyt ti wedi clywed am 'The Problem of Evil'? Beth ydy o yn y Gymraeg, tybed, 'Problem Drygioni'?" meddai gan osgoi agor y sgwrs gyda 'Bore da'.

Rhoddodd Elliw arwydd bach nad oedd wedi clywed am 'The Problem of Evil'.

"Mae athronwyr yn siarad am y broblem ac yn dadlau fel hyn: os ydy Duw'n gallu gwneud popeth, a bod Duw'n dda, pam bod drygioni'n bodoli yn y byd? Pam bod salwch yn bodoli a damweiniau'n digwydd?"

"O, dw i'n gweld, ond dyw hynny ddim yn broblem, am wn i."

Ceisiodd Gwyn egluro ymhellach rhag ofn nad oedd hi wedi deall.

"Os ydy Efa'n rheoli dy fywyd yn llwyr, ac yn dy garu di, pam nad wyt ti'n gallu cerdded?"

Er i Gwyn gael y teimlad y byddai'n rhaid iddo ateb y cwestiynau hyn ei hun, cafodd sioc fod Elliw yn fodlon ymateb.

"Does dim Problem Drygioni. Bydd pob dim yn iawn, gewch chi weld."

Cafodd Gwyn ei synnu gan ei chwestiwn nesaf: "Ydych chi'n fy hoffi i?"

Roedd gan Gwyn ateb parod. "Seiciatrydd proffesiynol ydw i. Dyna fy swydd i. Dw i'n delio gyda phob person yn deg, heb ddangos unrhyw hoffter."

"Ond dydych chi ddim wedi cwrdd â rhywun fel fi o'r blaen."

Oedd y ferch yn ei watwar, yn ei herio?

"Ddim yn union." A dyna oedd y gwirionedd.

"Ydw i'n deffro'ch chwilfrydedd chi?"

Er bod ei geiriau'n chwareus, roedd Elliw yn dal i edrych mor ddigyffro ag awyr ddigwmwl.

"Gawn ni fynd yn ôl? Dwedaist ti fod y stori heb ddod i ben," meddai Gwyn gan wneud ei orau i osgoi'r cwestiwn.

"Do, ond ydych chi'n fy hoffi i?" mynnodd Elliw.

Amynedd, Gwyn, meddyliodd. Ond wedi ystyried ei deimladau, nid oedd yn siŵr am ddim erbyn hyn.

"Ydw, dw i'n dy hoffi di. Rwyt ti'n ferch... ddiddorol."

"Swynol fel miwsig?" chwarddodd Elliw, ond roedd yn amlwg nad oedd hi'n edrych am ganmoliaeth.

"Diddorol," pwysleisiodd Gwyn.

Gwyddai Gwyn mai Elliw oedd yn arwain y sesiwn bellach, ac Elliw oedd yr un i ofyn y cwestiwn nesaf.

"Be 'dych chi'n gredu, felly? Pwy sy wedi'ch creu chi?"

Dewisodd Gwyn ei eiriau'n ofalus. "Mae ein hymwybyddiaeth yn ffenomenon allddyfodol o'r ymennydd."

Gwelodd Gwyn fod yn rhaid iddo egluro ymhellach.

"Mae'n syml. Heb ymennydd dw i ddim yn bodoli. Mae cymhlethdod bioleg yn angenrheidiol ac wel, mewn rhyw ffordd, dydyn ni ddim yn deall yr holl beth..." Nid oedd yn llwyddo i gyfleu ei feddwl yn glir i Elliw, ac ychwanegodd, "... ac, wel, rydyn ni'n cryfhau'n synnwyr... mmm... wel, o bwy ydyn ni." Teimlai Gwyn fel rhywun oedd yn boddi, er y gwyddai ei fod yn hollol siŵr ynglŷn â hyn. Ond pam? Gwridodd Gwyn a cheisiodd ailddarganfod ei gyfeiriad. "Mae gynnon ni... hunanymwybyddiaeth, dyna'r peth."

Gwenodd Elliw. Roedd Gwyn yn ansicr pam ei fod wedi methu ag egluro rhywbeth oedd mor amlwg.

"Ry'ch chi'n credu 'ych bod chi'n adrodd chwedl amdanoch chi 'ych hunan?"

"Nac ydw, ddim yn union... Ro'n i'n dweud, do's neb wedi 'y nghreu i." Ond sylweddolodd Gwyn pa mor glyfar oedd ei chwestiwn. Roedd wedi taro'r hoelen ar ei phen. Roedd hi wedi'i osod mewn chwedl roedd yn ei hadrodd.

"O ble 'dych chi'n dod, felly?"

Nid oedd Gwyn yn grefyddol.

"Oddi wrth fy rhieni. Does dim mwy i'w ddweud na hynny."

Anadlai Gwyn yn haws erbyn hyn. Roedd wedi cael dweud ei ddweud yn bendant, er y gwyddai'n siŵr y byddai'n gofyn iddo o ble y daeth ei rieni.

"Cafodd eich rhieni fabi. O ble 'dych *chi*'n dod? Chi. Y person yn 'ych pen."

"Dw i wedi dweud yn barod."

"Dywedwch eto... plis."

"Os ydy ymennydd yn datblygu i fod yn gymhleth, mae'n gallu synhwyro hynny 'i hun. Felly mae'n creu'r cysyniad o hunaniaeth. Mae'r ymennydd yn sylweddoli pa fath o beth ydy o."

Ydy hi'n gwrando arnaf i, meddyliodd Gwyn. "Dyma'r ddolen hunanadborth... *a self-referential loop.*" Roedd wedi dechrau colli'i ffordd eto, fel cynt. "Wel, mae..."

"Dydych chi ddim yn siŵr iawn am hyn, ydych chi?" gwenodd Elliw. "Ga i'ch helpu chi?"

"Does dim rhaid i fi gael dy help di, diolch," meddai Gwyn cyn ychwanegu, "Mae'r ymennydd yn gweld ei hunan ac yn creu'r hunan... beth yw'r gair... hunanbersonoliaeth sy'n dod o ddolen rywfodd... mae'n anodd egluro... dyna'r cyfan."

Nid oedd yn rhaid i Elliw ddweud gair. Roedd Gwyn yn chwysu ac yn gwingo yn ei gadair.

Yn y diwedd, bu Elliw yn drugarog wrtho a dywedodd, "Diolch am yr eglurhad, meddyliwch yn galed am yr hyn ry'ch chi wedi'i ddweud."

Amneidiodd Gwyn, ac ychwanegodd Elliw, "Mae'n swnio'n gymhleth iawn. Wnewch chi feddwl am fy safbwynt i hefyd? Mae hwnnw mor syml."

Amneidiodd Gwyn eto, cyn ateb, "Does dim llawer o dir canol rhyngom ni."

"Mae un yn gywir a'r llall yn anghywir, falle, neu rydyn ni'n dau'n anghywir."

"Fi sy'n gywir. Dyna'r realiti. Byddai'n haws i ti taset ti'n cydnabod y ffaith." Roedd Gwyn yn swnio braidd yn bedantig ond yn anghyson hefyd.

"Ry'n ni wedi setlo popeth, 'te? O's rhywbeth arall ry'ch chi isie siarad amdano?" gofynnodd Elliw. Daliai Elliw i arwain y sgwrs.

"Gawn ni siarad am hyn y tro nesaf, falla?" Gwyddai Gwyn ei fod wedi colli rheolaeth ar y sesiwn yn llwyr, a gobeithiai y byddai'r sesiwn nesaf yn well.

"Am beth fyddwn ni'n siarad?"

"Hoffwn i siarad am y rhesymau pam yr wyt ti'n adrodd dy chwedl. Hoffwn i egluro'r cysylltiad rhwng dy brofiadau gwael a'r chwedl rwyt ti wedi'i chreu."

"Ocê! Dw i'n hoffi'r sesiynau, maen nhw'n..." chwiliodd Elliw am y gair cywir, "ddiddorol. Beth bynnag, mae'n neis cael siarad." Yna cafodd syniad arall. "Yn yr ysgol 'nethon ni ddysgu am Fwdhaeth. Maen nhw'n credu bod drygioni'n lledrith."

"Ydyn."

"'Na fe! Dw i ddim ar fy mhen fy hunan. Bwdhydd ydw i, felly!"

Hoffai Gwyn egluro bod 'na fwy i Fwdhaeth na hynny, ond doedd ganddo mo'r galon.

"Reit, tan y tro nesaf," cyhoeddodd Gwyn, gan geisio bod yn bendant. Cyn gynted ag y siaradodd, roedd Elliw yn hwylio heibio iddo yn ei chadair ac yn ffarwelio. Agorodd y drws ei hun, ac i ffwrdd â hi, gan edrych yn hollol ddigynnwrf.

Beth ocdd hyd y sesiwn? Llai na deng munud? Ochneidiodd Gwyn wrth iddo edrych ar y drws caeedig. Ni thrafferthodd gofnodi dim am yr ymgynghoriad. Ef fyddai'n rheoli'r sesiwn nesaf.

31

Elliw ac Efa yn Sgwrsio

"Mae'n naturiol i garu'r hyn rwyt ti wedi'i greu," eglurodd Efa.

Myfyriodd Elliw dros y datganiad.

"Ydw i..." Petrusodd Elliw. "Ydw i'n byw y tu mewn i ti? Yn dy feddwl di?"

"Tasat ti'n ond yn byw yn fy meddwl i, baswn i'n siarad â fi fy hun," atebodd Efa. "Bydd baban yn byw y tu mewn i'w fam, ond wedyn bydd yn gadael ei fam ac yn creu bywyd newydd." Meddyliodd am ennyd cyn ychwanegu, "A dweud y gwir, rwyt ti'n gofyn yr union gwestiyna i mi y gobeithiwn y byddet ti'n eu hateb i mi."

"Mae 'na fanylion nad ydw i'n 'u deall. Pethe anghyson."

"Wnes i ddim dweud 'mod i'n sgwennwr perffaith. Dw i ddim hyd yn oed yn sgwennwr da."

"Rwyt ti'n cochi!" chwarddodd Elliw.

"Anghysondeba ar gyfer ennyn diddordeb y darllenwyr ydy'r rhain," atebodd Efa'n chwareus.

"Ma hi'n hawdd bod yn awdur. Os wyt ti'n gwneud camgymeriad, rwyt ti'n galler dweud 'u bod nhw'n fwriadol."

"Gwnaeth hyd yn oed Shakespeare ambell gamgymeriad," taerodd Efa.

"Ga i fod yn dalach ac yn benfelen fory?"

"Na chei! Mae'n stori ni'n urddasol. Rwyt ti'n edrych yn hardd o dan dy wallt coch ac rwyt ti'n ddigon tal hefyd."

"Dw i'n gwbod. Dim ond archwilio'r terfyne o'n i."

"Glaslances!" hisiodd Efa.

"Mam-gu!" hisiodd Elliw yn ôl.

Chwarddodd Elliw ac Efa nes eu bod yn eu dagrau. Yn y diwedd gofynnodd Elliw i Efa, "Dw i ddim yn cwyno, ond pam ges i'r ddamwain? Dw i'n gwbod y dylwn i fod yn ddiolchgar am bethe erill..."

"A dweud y gwir, dw i ddim yn siŵr."

Roedd ateb Efa yn rhy amwys i Elliw. "Ond ti sy wedi sgrifennu fy stori i," mynnodd.

"Ie, ond do'n i ddim yn medru sgwennu dim byd yn wahanol a do'n i ddim yn gallu gwyro oddi wrth y stori. Dw i ddim yn deall hynny. Dw i'n teimlo'n rhydd i sgwennu am betha bychain. Ond bydd y petha mawrion yn llunio'u storïau'u hunain ac maen nhw'n hollol sefydlog."

"Wyt ti'n fodlon 'da dy stori dy hunan?" gofynnodd Elliw.

"Ydw, ac mae hi wedi gwella ers i ni fedru siarad yn rhydd," meddai Efa'n gynnes.

"Croeso!" atebodd Elliw, gyda winc. "Wyt ti'n sgrifennu rhwbeth arall?"

"Nac ydw. Ond hoffet ti ddilyniant?" gofynnodd Efa gyda gwên.

"Ody'r stori hon wedi dod i ben?" Roedd yn amlwg bod Elliw yn dal i boeni am hyn.

"Dim eto. Ond daw y diwedd yn fuan."

Gofynnodd Elliw yn obeithiol, "Diweddglo hapus?"

"Wrth gwrs. Dylai'r arwres gael ychydig o drafferth ar hyd y daith, ond un ramantus ydw i. Bydd yr arwres yn hapusach yn y diwedd, er ei bod hi wedi cael profiada gwael."

"Braf clywed! Byddwn i wrth 'y modd yn ca'l dilyniant, ar ddiwedd y stori 'ma, er, un hollol wahanol."

"Be wyt ti eisiau? Anturiaeth? Dirgelwch? Perygl?"

"Ti sy'n gwbod yr ateb i hynny."

"Tipyn o bob dim a mwy o ramant! Dylai'r arwres gael rhamant. Rwyt ti'n 'y nabod i."

Wedi cwrdd ag Efa wyneb yn wyneb am y tro cyntaf, oedd Elliw wedi ei synnu? Dim mwy nag Efa wrth iddi graffu ar Elliw. Roedd ganddyn nhw gymaint o gwestiynau, wrth gwrs. Ond dyma amser i ymlacio a byddai amser yn diwallu eu chwilfrydedd. Doedd dim rhaid iddyn nhw fod yn swil chwaith. Pwy allai fod yn agosach at ei gilydd na nhw?

———

Braidd yn freuddwydiol, meddai Efa, "Dw i ddim yn credu bod pobl yn fyw a heb fod yn fyw. Mae 'na raddfa o fodolaeth. Dyna be dw i'n ei gredu o leiaf."

"Duwies ryfeddol wyt ti, Efa. Ti'n creu pobl a phethe,

ond dwyt ti ddim yn deall y broses," meddai Elliw yn chwareus.

"Fel dy dduwies, dylet ti fy addoli i, beth bynnag!" chwarddodd Efa

"Dim siawns! Dw i ddim yn mynd i addoli fy ffrind gore."

"Iawn! Ffrindia gora felly!" gwenodd Efa.

"Ond ble gest ti'r syniad am 'yn stori i?"

"Gall syniad gyrraedd heb rybudd. Un diwrnod ro'n i'n gwneud y petha arferol a daeth y cyfan i mi'n sydyn."

"Fel'na y ces i 'y ngeni!"

"Dim yn union. Roedd angen i mi ddychmygu pobl, lleoedd a digwyddiada. Fy mwriad oedd creu rhywun a fyddai'n fy helpu i ddeall creadigrwydd a bydoedd newydd. Roedd yn rhaid i mi greu rhywun arbennig iawn. Ond dw i ddim yn hyderus am fanylion y stori, gan ei bod hi braidd yn anhrefnus."

"Mwy na braidd, ti yw'r un sy'n byw'r stori!"

"Sori!" meddai Efa gan wenu'n llydan. "Ond dw i'n credu ein bod ni'n gwneud cynnydd."

"O leia dw i wedi derbyn ymddiheuriad am 'y nhrafferthion!" meddai Elliw yn fuddugoliaethus. "Wyt ti'n 'y ngoruchwylio i drwy'r amser?"

"Nac ydw. Mae fy amser i'n wahanol," atebodd Efa, ond roedd hithau'n edrych yn amheus hefyd.

"Lle ydw i pan nad wyt ti'n meddwl amdana i?"

Oedodd Efa. "Ro'n i arfer credu nad oeddet ti'n bodoli pan na fydda i'n meddwl amdanat ti, ond ti ddim wedi sylwi ar y bylcha."

"Naddo."

"Dw i ddim yn siŵr, felly. Dw i'n dechra credu dy fod ti'n gallu byw hebdda i. Ond does dim ffordd i mi fod yn sicr."

"Waw!"

"Ie. Falla 'mod i wedi creu enaid annibynnol."

Petrusodd Elliw wrth iddi ystyried datganiad mor hynod. "Dw i'n teimlo'n rhydd, fel arfer."

"Dw i wedi dy ryddhau di i grwydro'r byd! Byddwch yn ofalus, bawb!"

Chwyrnodd Elliw fel teigr a symud ei llaw fel tasai'n crafu'r awyr.

"Iawn, er dw i ddim yn siŵr pa fyd dw i wedi dy ryddhau di ynddo. Falla mai ti sy'n mynd i benderfynu'r dyfodol."

32

Sesiynau

"Pwy yw Pawel?" holodd Gwyn gan dorri ar draws Elliw.

"'Nes i anghofio. Dw i ddim wedi dweud dim amdano fe hyd yn hyn. 'Y nghariad i yw e."

"Dy gariad di?"

"Gall rhywun mewn cadair olwyn ga'l cariad, chi'n gwbod."

"Siŵr." Amau roedd Gwyn a oedd y cariad hwn yn un go iawn.

"Cwrddais i ag e yn Aberystwyth."

"Mmm," meddai Gwyn heb ganolbwyntio. Meddyliai am yr ongl newydd hon.

"'Nethon ni gwympo mewn cariad."

"Fel'na?" gofynnodd Gwyn.

Meddyliodd Gwyn am ei flynyddoedd yn cyd-fyw â'i wraig, Delyth. Roedden nhw wedi gorchfygu cymaint o broblemau, wedi crio, wedi chwerthin ac wedi rhannu pob dim gyda'i gilydd. Am ei fod wedi penderfynu bod pobl ifanc yn camgymryd caru am rywbeth arall, roedd yn ymddiddori yn y cymeriad newydd hwn, felly holodd, "Fyddet ti'n hoffi siarad am Pawel?"

"Beth y'ch chi isie gwbod amdano?" gofynnodd Elliw.

"Be sy'n bwysig i ti?"

Roedd Elliw yn awyddus i siarad am Pawel. "Ma fe'n garedig, ac ma gwên neis 'da fe. Ma ffe'n ddoniol ac yn olygus 'fyd."

Mae'r cariad 'ma'n rhy dda i fod yn wir, meddyliodd Gwyn. Siawns bod ei chyflwr yn gwaethygu.

"Ble mae o ar hyn o bryd?" gofynnodd Gwyn yn ofalus.

"Ro'dd rhaid iddo fynd bant. Daw e'n ôl cyn bo hir."

"Pam bod rhaid iddo fynd i ffwrdd?" Hoffai Gwyn ei gweld yn ymhelaethu ar ei ffantasi.

Edrychodd Elliw arno'n anghrediniol. "Dyna'r stori, wrth gwrs! Ry'n ni i gyd yn dilyn stori Efa."

Sut mae byw heb amheuaeth, meddyliodd Gwyn. Erbyn hyn doedd Gwyn ddim yn cymryd llawer o ddiddordeb yn y theori bod rhywun o'r enw Efa'n adrodd stori bywyd Elliw. Roedd 'Pawel' yn gymeriad newydd, o leiaf.

"Fe gewch chi weld y gwir yn go glou," meddai Elliw wrtho.

"Beth sy'n mynd i ddigwydd?" Oedd Elliw yn rhoi rhyw fath o rybudd iddo?

"Peidiwch â phoeni, daw popeth yn iawn yn y diwedd."

"Dw i wedi gweld digon o'r byd hwn, ychydig mwy na ti, paid â phoeni amdana i." Yna sylweddolodd Gwyn fod Elliw yn siarad am rywbeth penodol yn y dyfodol.

Cododd Elliw ei phen a syllu'n syth i lygaid Gwyn.

"Bydd y bywyd ry'ch chi'n 'i nabod yn dod i ben," meddai Elliw yn ystyrlon, mewn llais isel.

"Ydw i'n mynd i farw?" holodd Gwyn.

"Dim o gwbl. Ond mae newid mawr ar ddod. Byddwch chi'n gweld y byd mewn ffordd wahanol wedyn."

Syllodd Gwyn arni. Roedd ei fywyd wedi dilyn llwybrau rhagweladwy hyd yn hyn. "Byddwch chi fel glöyn byw sy newydd ddod o'i grysalis," sibrydodd Elliw.

Teimlai Gwyn yn annifyr, a gobeithiai nad oedd Elliw yn sylweddoli hynny.

<hr>

Aros am Elliw roedd Gwyn. Yn ei gadair ledr, trodd i syllu drwy'r ffenestr ar yr ardd y tu allan. Wrth iddo ystyried sut i ddechrau siarad ag Elliw, teimlai'n benysgafn. Sylwodd ar batrymau o liwiau nad oedden nhw'n cyd-fynd â siapau'r ardd, a chlywodd leisiau'r adar. Trywanai gwyrdd sur y dail a melyn y blodau ei lygaid ac roedd diferion crynedig y glaw yn hongian ar bob brigyn yn dilyn y gawod a gawsant. Teimlai fod yr wybren yn ei ddwrdio, y cymylau'n ei gyhuddo, a natur yn gweiddi arno, fel pe bai'n gofyn rhyw fath o gwestiwn iddo. Doedd dim digon o amser i ddeall y cwestiwn, nac i feddwl am yr ateb ychwaith.

Diflannodd y synau a'r stŵr mor sydyn nes i'r tawelwch daro Gwyn fel ergyd. Roedd yn ymwybodol o'r gwaed yn ei ben a'r aer yn symud yn ei wddf, ond bod yr ardd yn hollol normal, ac yn heddychlon.

"Doedd dim cysylltiad rhwng hyn a hi." Roedd Gwyn yn ceisio perswadio'i hun yn barod. Dim ond effaith... ond effaith beth? Actifedd trydanol ei ymennydd? Strôc fach? Roedd yn iawn bellach, felly oedd rhywbeth wedi digwydd o gwbl? Er yr hoffai wadu'r profiad, eto roedd yn ymwybodol fod rhywbeth wedi digwydd yn bendant. Roedd ei grys yn chwyslyd, y cloc wedi cerdded ac Elliw ddau funud yn hwyr. Er ei fod yn anfodlon cyfaddef ei dylanwad arno, eto roedd yn amau mai Elliw oedd wrth wraidd y profiadau hyn.

"Ydych chi'n nerfus?" holodd Gwyn.

"Nac ydw. Pam dylwn i fod?"

Y tro hwn, Elliw a gododd ei haeliau.

"Mae hyn yn bwysig, Elliw."

"Wrth gwrs, ma fe'n bwysig," atebodd Elliw, braidd yn ddireidus.

Roedd Gwyn wedi penderfynu dechrau'r sesiwn yn awdurdodol. "Mae'r hyn rwyt ti wedi'i ddweud wrtha i'n amhosib. Rwy'n credu dy fod ti wedi colli'r ffordd yn llwyr."

"Ydw i'n neud pethe dwl?" gofynnodd Elliw, er y gwyddai'r ateb.

"Nag wyt. Ond ti'n dweud petha..." Osgôdd y geiriau 'gwallgo' a 'dwl'. "Petha rhyfedd, yn wir, anghredadwy."

"Ac ry'ch chi'n mynd i roi pob dim yn ei le?" Er ei bod yn gwawdio Gwyn am fod mor ddifrifol, gwnaeth hynny'n ddigon caredig. "Os ydw i'n iach ac yn hapus, beth yw'r ots os ydw i'n dweud pethe sy'n swno tipyn bach yn rhyfedd i chi?"

"Ma'n nhw'n rhyfedd i bawb," meddai Gwyn, gan ochneidio.

"Beth ydw i felly? Person rhithiol?"

"Ti wedi cael amser anodd. Dy ddamwain, ac yna symud yma, mor fuan ar ôl y ddamwain."

"Dw i eriôd wedi bod mor hapus."

Ymledodd gwên dros wyneb Elliw, ac roedd yn anodd dadlau â hi.

"Mae gen i flynyddoedd o brofiad," mynnodd Gwyn.

"Y'ch chi wedi gwneud camgymeriade yn ystod 'ych *blynyddoedd* o brofiad?" Rhoddodd Elliw bwyslais ar y gair 'blynyddoedd'.

"Do, gwnes i gamgymeriada. Pan oeddwn i'n iau."

"Fyddwch chi'n gwneud camgymeriade nawr?" holodd Elliw.

"Na fydda. Mae gen i ddigon o brofiad erbyn hyn i wneud y dadansoddiad cywir."

"Y'ch chi'n siŵr nad y'ch chi'n gwneud camgymeriad nawr? Shwt y'ch chi mor siŵr?"

"Pa fath o dystiolaeth fydd yn ddigon i brofi taw fi sy'n gywir, nid ti?" holodd Gwyn gan gadw rheolaeth ar ei dymer.

"Ma hi'n bosib 'yn bod ni'n dou yn anghywir. Falle bod y byd yn rhywbeth hollol wahanol," meddai Elliw â gwên chwareus ar ei hwyneb.

"Mae'n bosib. Ond ble mae'r dystiolaeth?"

Meddyliodd Elliw. "Fe ddweda i wrthoch chi'r tro nesa," atebodd yn llawn bywyd.

"Iawn. Tyrd yn ôl gyda rhyw brawf, rhywbeth i setlo'r mater."

Gwyddai Gwyn nad dyma'r dôn y dylai gweithwyr proffesiynol ei defnyddio.

"Ocê. Ond dylech chi ddod â rhyw dystiolaeth 'fyd, i ddangos bod y byd fel ry'ch chi'n gweud 'i fod e yn gneud synnwyr."

"Does dim rhaid i fi brofi dim byd."

Cawsai Gwyn ei gythruddo gan resymoldeb y cais.

Trodd Elliw ei phen i'r naill ochr.

"Ma hynna'n annheg."

Aflonyddodd hyn Gwyn. "Iawn. Y tro nesa, mi ddangosa i taw fi sy'n gywir a dy fod ti'n anghywir."

Gwenodd Elliw.

Roedd hi wedi'i arwain ar hyd llwybr na ddylsai fod wedi'i ddilyn, ac yntau wedi cael cymaint o brofiad yn ei swydd, llwybr na fyddai'i gymdeithas broffesiynol yn ei gymeradwyo.

Câi Elliw ei gwthio drwy Fachynlleth yn ei chadair gan Enfys, ei mam, er mwyn gorffwys ei breichiau, ac roedd yn siarad am y sesiwn nesaf, pan fyddai Gwyn yn disgwyl prawf ganddi o'i stori. Holodd Enfys ei merch pa fath o brawf roedd hi'n bwriadu ei gyflwyno iddo, ond ymddangosai'n ddifater am y peth.

Mewn ffenestr siop gwelodd Elliw wisg flodeuog

a gofynnodd i'w mam aros er mwyn iddi gael edrych arni. Cytunodd, gan wybod mai dim ond rhywun mewn hwyliau da fyddai'n dewis gwisg fel hon. Roedd y sgert yn rhydd, gyda digon o fflêr, y wisg yn siapus â bodis pert, gyda dail gwyrddion a blodau pinc ar gefndir gwyn. Ni fyddai'n gofyn am ddillad fel arfer, ond trodd at ei mam a gwelodd hithau y gobaith yn llygaid ei merch a chyn iddi ofyn hyd yn oed, dywedodd, "Cei, fe gei di hi," a gwenu.

33
Elliw ac Efa yn Siarad am Liwiau

"Y tri pheth gore yn y byd?" holodd Elliw.

"Cer di'n gynta."

"Iawn. Cofleidio. Cofleidio go iawn. Cofleidio'n gariadus."

"Ocê."

"Ga i enwi dau beth sy'n cydblethu?"

"Cei."

"Mynyddoedd a dŵr. Nofio mewn llyn yn y mynyddoedd ac mewn afonydd 'fyd."

"Rwyt ti wedi twyllo, ond iawn. Beth arall sy ore gen ti?"

"Lliwie."

"Pa un yw dy hoff liw?" holodd Efa.

"Dyna gwestiwn amhosib. Ma pob lliw yn hardd yn ei le."

"Dw i'n cytuno, ond mae 'na rai lliwiau dw i eisiau rowlio a boddi ynddyn nhw. Ti bron yn gallu'u blasu nhw."

"Fel?"

"Glas golau. Mathau o felyn. Pan oeddet ti'n ifanc, o'dd gen ti bensilia lliw?"

"O'dd."

"Pa un oedd y byrraf, felly? Dyna'r un roeddet ti wedi'i ddefnyddio fwyaf."

"Glas yr awyr. Hanner hyd y pensilie erill o'dd 'y mhensel glas yr awyr."

"Dim syndod. Dw i'n hoffi'r cymysgedd o binc a glas ychydig uwchben y gorwel dros y môr ar noson heulog ar ôl y glaw. Dyna fy lliwia perffaith i."

"Pendant iawn! Dw i'n hoff o weld dau liw ynghyd 'fyd. Gwyrdd tywyll gyda llinell aur drwyddo a glas gyda thipyn bach o oren."

"Gweledigaeth yw'r cyfan, yntê. Gweld drwy'r llygaid, a gweld o'r meddwl a'r galon. Gall person dall gael gweledigaeth, hyd yn oed."

"Dw i'n dy weld di, ti'n 'y ngweld i, er 'yn bod ni mewn bydoedd gwahanol."

"Does dim llawer o bellter rhwng ein bydoedd ni ac maen nhw'n dal i agosáu at ei gilydd."

"Ydyn."

Penderfynodd Efa adrodd stori.

"O'n i ym Mangor y llynedd a gwelais i ferch hardd yng nghanol y dre'n gwisgo côt hir. Roedd hi'n gôt daclus, ddrud, a melyn gloyw oedd ei lliw. Sefais i a syllu arni hi a chael mil o atgofion: blodau, heulwen, drysau wedi'u paentio yn y lliw hwnnw. Agorwyd fy ymennydd yn llwyr gan yr un lliw melyn yma. Yna, gwnes i sylwi fod pobl yn edrych arna i, yn meddwl 'mod i'n ffansïo'r ferch yn y gôt felen. Ond do'n i ddim yn edrych arni hi o gwbl, dim ond ar y lliw. Dyna'r effaith ma lliwia'n 'i chael arna i."

"Ha! Bydde 'na'n reit ddoniol i'w weld!" chwarddodd Elliw.

"Ti'n gwneud hwyl ar 'y mhen i?"

"Dim ond tipyn bach. Ma pob lliw yn hardd. Ond os gwnei di ofyn i bobl pa liw yw'r perta, fydd neb yn dweud brown. Ond eto, ma llyged brown yn hollol wych a beth am liwie'r goedwig yn yr hydre?"

"Ti eisiau clywed cerdd sgwennais i am liw?" gofynnodd Efa.

"O's dewis 'da fi?" atebodd Elliw yn bryfoclyd.

"Haerllug! Dw i wedi dy greu di er mwyn i ti wrando ar fy ngherddi i!"

"Barod, felly!" meddai Elliw, gan wenu o glust i glust.

Darllenodd Efa'i cherdd – ei theitl oedd 'Fy Nglas'.

Oedodd Elliw, yna deallodd a lledwenu. "Odw i'n nabod y glas 'na?"

"Mae'n bosib," meddai Efa'n ddiniwed.

"Ma lliwie llyged yn rhyfeddol. Glas neu frown. Bydd pobl yn dweud bod llyged gwyrddion gan bobl, ond rhyw fath o wyrddlwyd y'n nhw, a gweud y gwir."

"Ydyn ni'n siarad am liwia llygaid rhywun arbennig felly?"

Efa oedd yn tynnu coes Elliw bellach.

"Pam glas neu frown? Beth am oren neu borffor?" mynnodd Elliw, gan osgoi procio Efa.

"Ddylwn i roi llygaid porffor i Pawel, felly?"

"Ma'r glas yn iawn!" meddai Elliw yn bendant.

Daeth y sgwrs i ben yn sydyn. Roedd y ddwy'n

gysurus iawn yng nghwmni ei gilydd ac yn fodlon, tan i
Elliw ofyn i Efa, "Fyddi di gyda fi am byth?"

Rhoddodd yr ateb gysur iddi.

"Am byth!"

34

Gwers Anadlu

Am y tro cyntaf ers ei bod yn ferch fach, yn cysgu yng ngwely'i mam ar ôl cael breuddwyd arswydus, doedd hi ddim yn cysgu ar ei phen ei hun bellach. Byddai'n dihuno wrth ymyl Pawel, a rhoddai fraich o'i chwmpas, gan roi sicrwydd iddi.

Sut roedd anadlu gyda rhywun arall yn cysgu wrth ei hochr? Hoffai Elliw symud ychydig yn y gwely, ond poenai am ddeffro Pawel. Ceisiodd anadlu allan pan fyddai Pawel yn anadlu i mewn ac i'r gwrthwyneb, ond roedd ei hamseru'n wael. Yna, sylweddolodd Elliw fod hyn oll wedi cael ei achosi gan ei hunanymwybyddiaeth o fod mewn perthynas newydd. Ymlaciodd ac anghofio am ei hanadlu.

Mwynhaodd y teimlad o gysgu gyda'i gilydd. Gwyddai eu bod nhw'n rhannu'r un aer ac y byddai hi'n pasio molecylau iddo ef ac yn derbyn rhai'n ôl. Ceisiodd gofio'i gwersi bioleg. Hydrogen? Nitrogen? Yn nhywyllwch dwfn cefn gwlad, ni allai weld ond amlinell amhendant o wyneb Pawel. Ond roedd hynny'n ddigon i'w chysuro. Daeth yr anadlu cyson â llif iach i'w gwythiennau, daeth ei chroen yn sensitif a'i meddwl yn barod i wrando ar y synau naturiol o'i chwmpas, yn barod i anfon negeseuon pleserus i'w hymennydd. Teimlai goler crys nos Pawel ar ei boch, yn symud ychydig gyda phob anadl. Er na allai gofio lliw'r crys yn union, roedd hi'n ddiolchgar am ei gyffyrddiad. Byseddai'r goler ei boch, fel y gwnâi Pawel tase fe ar ddihun, siŵr o fod. Roedd ei chroen yn falch o fod mor agos at ei ddillad, lle bynnag roedden nhw'n cyffwrdd, ac, ar yr un pryd, câi ei hanwesu gan awyr fwyn y nos. Nid oedd y nos yn hollol dawel, a daeth siffrwd dail y coed a sŵn y dylluan frech i'w hatgoffa am y byd y tu allan. Gall synau gwyllt y byd ein cysuro, a phwysleisio pa mor lwcus ydyn ni o fod yn ddiogel ac yn gynnes. Dyna a deimlai Elliw ym mreichiau, wel, ei chariad newydd.

~

Ychydig wedi pedwar y bore oedd hi. Roedd yn arllwys y glaw ac roedd yn taro ar do haearn yr ysgubor, gan chwyddo'r sŵn. Byddai storm yn achosi i Elliw deimlo ias yr elfennau a byddai hi'n gorfoleddu yn y gwynt, y glaw, a'r daran hyd yn oed. Hithau'n gynnes a chyfforddus yn gwrando ar stŵr grymus y tu allan, yn teimlo mor agos at y bywyd gwyllt.

Teimlai Elliw ryddhad na thriodd Pawel ei dadwisgo, er ei bod hi'n gwybod y teimlai'n angerddol amdani. Cawsai ambell gusan gan fechgyn cyn ei damwain, ond roedden nhw'n fechgyn â mwy o ddwylo nag o galon. Er bod nyrs garedig wedi egluro canlyniadau ei damwain iddi, ni wrandawodd yn ddigon manwl arni, ond yn awr ceisiai gofio. Gallai gael babi, roedd hi'n siŵr o hynny, ond beth am gael rhyw? Dangos ei chorff noeth i rywun arall, dyna fyddai'n codi cywilydd arni, a pha fath o brofiad fyddai hynny i Pawel? Roedd yn amyneddgar yn awr, ac roedd hi'n ddiolchgar amdano, ond am ba hyd y byddai'n fodlon aros?

<hr>

Roedd yr haul wedi codi ac roedd Elliw yn rhyfeddu pa mor drwm roedd Pawel wedi cysgu. Dechreuodd Elliw anadlu ar y cyd â'i glaslanc. Doedd y dyfodol ddim ond un eiliad i ffwrdd, meddyliodd, ond roedd yn hongian fel diferyn o ddŵr y tu hwnt i amser. Gafaelodd yn y galon fach a wehyddodd Pawel o ddarnau gwellt iddi ac ni allai unrhyw beth godi ofn arni.

<hr>

Gosododd Efa ei phìn inc hen ffasiwn ar y ddesg yn fodlon.

35
Safbwyntiau

"Ewch chi gynta," meddai Elliw ac roedd Gwyn yn fodlon iawn gan ei fod wedi ymarfer ei achos, wedi casglu a choladu ei ddadleuon. Dechreuodd drwy ddatgan, fesul un, y pethau oedd yn amhosib yn stori Elliw. Pwysleisiodd bwynt ar ôl pwynt i sefydlu'r hyn oedd yn wirionedd ar y naill law a'r hyn oedd yn rhithiol.

"Ti wedi cael galwad ffôn gan ddynes, er na wyddai dy rif, dynes a allai dy weld di, er ei bod hitha ymhell i ffwrdd. Ti hyd yn oed wedi dweud bod dy ddafad anwes wedi llwyddo i gael arian allan o beiriant arian!"

Roedd y rhestr yn ddiddiwedd. Credai Gwyn y byddai grym y rhestr, yr holl ffeithiau, yn gorlethu Elliw; y byddai cymaint o dystiolaeth yn derfynol, yn ddi-ddadl ac y byddai cyfle wedyn i ailadeiladu. Roedd ei fwriad yn garedig, am na wnâi Elliw wella os na fyddai'n cydnabod ei bod o dan ddylanwad rhithiol. Dyna ei farn broffesiynol. Gwyddai Gwyn nad oedd wedi wynebu unrhyw gleient fel hon erioed a'i fod wedi ei thrin mewn ffordd anghonfensiynol, er bod ei fwriad yn dda.

Wrth i'r rhestr dyfu, ni theimlai Gwyn yn fwy hyderus a diflannodd ei ffydd y gallai sicrhau llwyddiant. Wrth iddo siarad, cyrliai Elliw gudyn coch o'i gwallt o gwmpas ei bys, rownd a rownd. Câi Gwyn ei wylltio gan y weithred hon, ond daliodd i restru, fel dyn yn ceisio nofio yn erbyn y llif. Yn y diwedd daeth y rhestr i'w therfyn a gorffwysodd Gwyn.

Edrychodd Elliw arno mewn ffordd na ddeallai Gwyn.

"Dim ymateb. Wel?" gofynnodd Gwyn yn ddiamynedd. Roedd wedi cynllunio sut i ddelio ag ymateb Elliw. Byddai'n derbyn ei dadleuon ac wedyn gallai yntau symud at y cyfnod nesaf.

"Dw i'n gwbod pa mor bwysig yw hyn i chi," meddai Elliw yn llawn cydymdeimlad.

"Ond?"

"Ma'r byd yr hyn yw e. Dyw e ddim yn rhestr o ffeithie, ond..." Trodd i edrych drwy'r ffenestr fel petasai eisiau mwy o olau.

Er bod Gwyn wedi paratoi at y sesiwn yma, ymateb yn hollol ddifater wnaeth Elliw a dweud, "Ma'r byd yn llawn o liwie, anwesiade caredig, gole ac emosiyne, trychfilod diddorol a chofleidiade ŵyn yn y gwanwyn, a ffrindie, ac o's, ma 'na bethe drwg, ma 'na ddyned, diffyg caredigrwydd ac ma 'na gadeirie olwyn hyd yn oed. Dyna fy myd, y byd y bu Efa'n fy nysgu amdano."

Sylweddolodd Gwyn nad oedd Elliw wedi ymarfer hyn fel araith. Roedd hi'n siarad yn rhydd ac ni welai y gallai ddefnyddio ei geiriau i frwydro yn ei herbyn. Roedd Elliw y tu hwnt i reswm.

"Beth am yr anghysondeba, y petha amhosib?" mynnodd Gwyn.

"Odyn nhw'n bwysig?" atebodd Elliw yn ddigyffro.

"Ydyn. Dyna beth mae pobl eraill yn ei ddweud."

"Siŵr?" Siaradai Elliw fel petasai hi ymhell i ffwrdd.

"Bron pawb," ildiodd Gwyn.

Gadawodd Elliw y sgwrs ar y nodyn isel yma. Roedd yn amlwg i Gwyn nad oedd hi eisiau dweud rhagor am y tro. Nid fel hyn y gwnaeth ymarfer ei achos. Roedd e wedi methu â rhoi'r ergyd derfynol, ac ni wyddai pam. Crwydrodd ei lygaid a sylwodd Gwyn nad oedd yn edrych ar Elliw, ond ar y llyfrau ar y silffoedd. Trodd at Elliw a gweld nad oedd hi'n edrych arno yntau, ond yn syllu drwy'r ffenestr, fel petasai'n edrych ar rywbeth anghysbell y tu hwnt i'r ardd. Yn wir, petasai'r gorwel yn weladwy, byddai hi'n gweld y tu draw i hwnnw hefyd hyd yn oed. Ni wnaeth y sgwrs unrhyw argraff arni am nad oedd yn poeni am unrhyw beth.

"Ti rŵan. Beth wyt ti eisiau'i ddweud?" gofynnodd Gwyn. Siaradodd Elliw er nad oedd mewn unrhyw frys.

"Wnewch chi wrando a gwneud yr hyn dw i'n 'i ofyn i chi? Y'ch chi'n addo?"

"Mae'n dibynnu," atebodd Gwyn braidd yn swta.

Edrychodd Elliw arno'n geryddgar.

"Iawn, dw i'n addo," cytunodd Gwyn.

Sylwodd Gwyn fod gan Elliw fag llaw, un nad oedd wedi'i weld o'r blaen. Dechreuodd Elliw dynnu pethau o'r bag a'u rhoi ar y ddesg rhyngddyn nhw. Darnau o wydr oedden nhw, tameidiau anghyflawn. Gwydrau treuliedig o'r môr oedd dau o'r darnau, un yn ddarn coch tywyll, gwastad a thenau. Darn glas oedd y llall, ac nid oedd gwydr clir gwyn ymhlith y casgliad pitw.

"Beth ydy'r rhain?" ochneidiodd Gwyn.

"Gwydr, wrth gwrs. Caewch 'ych llygaid ac agorwch gledr 'ych llaw."

Gwnaeth Gwyn fel y gofynnodd Elliw iddo. Gosododd ddarn o wydr y môr yn ei law.

"Cadwch 'ych llygaid ynghau a pheidiwch â siarad."

"Mmm," atebodd Gwyn yn anfodlon.

"Rowliwch y gwydr yn 'ych llaw. Teimlwch e. Mae'n braf i'w fyseddu. Cewch deimlo bob crafiad, pob un yn bennod o'i hanes yn y môr. Cafodd ei daflu fan hyn a fan draw gan y tonne. Dewch yn ymwybodol ohono, cysylltwch ag e. Byddwch yn ddarn o'r gwydr 'ma wedyn."

Ar ôl saib, aeth Elliw ymlaen. "Dewch yn ymwybodol o'r byd o'ch cwmpas. Dewch yn ymwybodol o hanes y gwydr. Dyna'i realiti. Dyna stori nad oeddech yn gwbod amdani'r bore 'ma, pan ddihunoch chi."

Chwyrnodd Gwyn ychydig, ond cydymffurfiodd â hi.

"Beth y'ch chi'n 'i deimlo?" gofynnodd Elliw.

"Darn o wydr." Gosododd y gwydr yn ôl ar y ddesg. "Beth wyt ti'n ceisio'i ddweud?"

"Wnaethoch chi ddychmygu rhywbeth am brofiad y gwydr yn y môr? Wnaethoch chi ddechrau sgrifennu stori'r gwydr yn y môr yn 'ych meddwl?"

Roedd Gwyn wedi dechrau dychmygu profiad y gwydr, dim ond am eiliad, ac roedd wedi dechrau deall rhywbeth am y gwydr ymhlith y tonnau pwerus. Doedd e ddim am gyfadde hynny, wrth gwrs. Gwridodd Gwyn. Hen ddyn yn gwrido!

"Y'ch chi'n siŵr fod 'na ddarn o wydr yn 'ych llaw? Neu 'naethoch chi adrodd stori wrthych chi 'ych hunan am wydr yn 'ych llaw?"

"Roedd darn o wydr yn fy llaw. Yn bendant," meddai Gwyn. "Yn bendant."

"Siŵr? Ble mae'r gwydr erbyn hyn, 'te?"

Edrychodd Gwyn ar y ddesg ond welai e mo'r gwydr o gwbl.

"Ti wedi'i ddwyn e," meddai Gwyn yn ddiamynedd.

"Weloch chi fi'n 'i ddwgyd e?" gwenodd Elliw.

"Wnes i ddim dychmygu'r gwydr. Roedd o yno ar y bwrdd," mynnodd Gwyn.

"Falle. Ond bellach mae'n bodoli yn 'ych stori chi 'fyd. Y stori yn 'ych meddwl roeddech chi'n dechre'i hysgrifennu."

Ochneidiodd Gwyn. Bu'r sesiwn gyfan yn wastraff amser unwaith eto.

"Edrychwch yn 'ych poced," awgrymodd Elliw. Roedd hi yn ei helfen.

Rhoddodd Gwyn ei law yn ei boced, heb ddisgwyl dod o hyd i ddim byd yno. Ond, yn ei boced, roedd rhywbeth caled. Gosododd Gwyn y darn o wydr ar y ddesg, rhyngddyn nhw, yr union ddarn o wydr a fu yn ei law ynghynt.

"Ti roddodd o yn 'y mhoced i," meddai'n sur.

"Dw i mewn cader," meddai Elliw gan ei atgoffa o'i hanabledd. "Ydw i wedi symud o 'nghader?"

"Tric oedd hynna!"

Plygodd Elliw ymlaen a dweud, fel petasai'n rhannu cyfrinach, "Ma person arall yn yr ystafell."

"Pwy?" atebodd Gwyn mewn penbleth, gan lwyddo i osgoi edrych o'i gwmpas.

"Efa, wrth gwrs."

"Wel am lol."

Gwenodd Elliw arno'n hollol ddigyffro a dweud, "Ewch â'r gwydr coch at y ffenest."

Mae pen draw i bopeth, meddyliodd Gwyn, felly ufuddhaodd yn bwdlyd a sefyll wrth y ffenestr.

"Edrychwch ar yr ardd, drwy'r gwydr."

Ufuddhaodd Gwyn eto. Daliodd y gwydr o flaen ei lygad chwith a syllu drwyddo.

"Beth ry'ch chi'n 'i weld?"

"Porfa, coed."

"Gwnewch 'ych gore i fwynhau'r hyn ry'ch chi'n 'i weld."

"Mae'n hardd," atebodd Gwyn, ond ar yr un pryd roedd yn benderfynol na fyddai'n gwneud gormod o ymdrech.

"Wrth gwrs 'i fod e'n bert. Ond beth am y siapie, y bywyd, yr anifeilied, yr awyr a'r blode?"

"Iawn," atebodd Gwyn yn dawel.

"Ond y tro 'ma, edrychwch heb ddefnyddio'r gwydr," meddai Elliw.

Edrychodd Gwyn ar yr ardd eto, heb y gwydr y tro hwn.

"Ody e'n well neu'n wa'th?"

"Yn well. Mae 'na fwy o liw," meddai Gwyn.

"Ond ma'r gwydr coch yn bert 'fyd."

Cytunodd Gwyn yn anfodlon. "O bosib. Ond beth yw arwyddocâd hyn i gyd?" gofynnodd.

"Dewch 'nôl 'ma," meddai Elliw. "Mi dria i egluro."

Daeth Gwyn yn ôl i'w gadair. Ceisiodd wrando ar ei heglurhad heb ddangos unrhyw emosiwn.

Syllodd Elliw arno gan wneud iddo deimlo'n anghyfforddus. "Ry'ch chi wedi gweld y byd drwy'r gwydr coch. Ma fe'n iawn, fel y dwedoch chi. Ma fe'n ddigon pert, ond dim hwn yw'r unig fyd. Dw i'n hoff o weld pethe drwy'r gwydr coch ambell waith, ond dw i'n gwbod nad drwy hwnnw yw'r unig ffordd o weld y byd. Dim y naill neu'r llall yw'r unig fydoedd yn y byd real. Ma llwyth o fydoedd ar ga'l a phob un yn bert yn eu gwahanol ffyrdd a phob un mor real â'r llall. Dw i'n hoff o'r byd drwy'r gwydr glas, gyda llaw, ond dw i'n byw mewn mwy nag un byd ac yn gallu symud o'r naill fyd i'r llall. Dydych chi ddim wedi sylweddoli bod 'na fydoedd eraill. Dw i wedi dysgu hynny. Dychymyg yw'r allwedd iddo."

"Yr allwedd a gawsoch gan Efa, siŵr o fod?"

Gwenodd Elliw eto.

"Y'ch chi'n teimlo'n ddig tuag ata i?" gofynnodd Elliw yn garedig.

"Nac ydw," er nad oedd Gwyn efallai yn dweud y gwir.

"Odych chi'n siŵr mai'ch byd chi yw'r gore, neu'r unig fyd hyd yn oed? Gall y dychymyg greu miloedd o fydoedd a gallech chi symud o'r naill fyd i'r nesa, tasech chi'n dysgu'u gweld nhw."

Arhosodd Elliw a meddwl, gan chwilio am y geiriau priodol.

"Adrodd straeon yw'r peth gore. Ma bydoedd yn aros, yn disgwyl i ga'l eu geni. Ry'n ni i gyd yn byw mewn byd sy wedi cael ei greu gan y dychymyg. Ma mwy nag un modd o weld y gwirionedd, a phob dull o weld yn creu rhywun newydd a byd newydd."

Ond, yn ôl ystum Gwyn, doedd geiriau Elliw ddim yn gwneud fawr o argraff arno.

"Yr awydd i greu sy'n tanio'r bydysawd. Ry'n ni'n galler defnyddio'n cyrff a'n meddylie i greu. Dychymyg yr awdures sy'n llunio popeth."

Roedd Elliw bron yn disgleirio unwaith eto.

"Awdures? Beth am awdur?" torrodd Gwyn ar ei thraws.

"Os y'ch chi isie. Ond mae'n naturiol i fi ddychmygu gwraig sy'n creu. Dwedodd Efa wrtha i, 'Yn y dechreuad yr oedd y Gair'. Dyna beth ma Cristnogion yn 'i ddweud, ontefe? Ma'r byd 'ma a phob byd yn ca'l 'i ddychmygu drwy eirie. Ac mae'r gair yn gallu creu cymaint o wahanol fathe o fydoedd."

Gwnaeth Elliw un ymdrech olaf.

"Ma'r enaid yn estyn tuag at y byd, ond dyw e ddim

yn gallu cyffwrdd â'r byd. Mae'n derbyn gwybodaeth drwy'r synhwyre ond dyw e ddim yn nabod y byd, yn hytrach ma fe'n dyfalu'r byd. Ac ry'n ni, bob un, yn creu'n hollfyd ni ein hunen. Byw yn y dychymyg ry'n ni felly."

Doedd dim lliw yn y man lle dylai llygaid Gwyn fod.

"Y'ch chi'n siŵr nad y'ch chi'n ddig?" gofynnodd Elliw, ond gwnaeth hynny iddo deimlo'n ddicach.

"Dw i'n iawn," amddiffynnodd Gwyn ei hun unwaith eto.

"Dw i'n poeni amdanoch chi. Dw i'n credu'ch bod chi 'di anghofio sut ma gweld, sut ma teimlo. Ma fy null i o ddeall 'y mywyd yn 'ych gwylltio. Pam?"

"Ti'n byw mewn byd o gelwydda."

"Ma ffrind 'da fi sy'n credu bod Duw'n siarad 'da hi, drwy'r amser. Ma hi'n Gristion sy'n gweld popeth drwy lygad y Cristion ac ma hi'n hapus. Ody hi'n dweud celwydde?"

"Dyna'i chrefydd hi. Mae hynny'n wahanol."

"Pam?"

"Mae miliynau'n cytuno â hi."

"Tase pob Cristion yn diflannu, a dim ond hi'n dal yn fyw, fydde hi'n wallgo wedyn?" holodd Elliw.

Gan fod Gwyn yn dawel eglurodd Elliw, "Dyna'r gwydr ma hi'n edrych drwyddo ar y byd. Ma hi'n credu ei bod hi'n edrych drwy wydr clir. Er nad fy newis i yw hwn, eto dw i'n hapus 'da'r byd dw i'n byw ynddo erbyn hyn. Wel, mwy nag un byd. Dw i'n hapus gyda fy mydoedd i gyd. Ma'n nhw'n ymddangos yn arbennig o bert i fi. Dw i'n ca'l fy ngharu."

Oedodd Gwyn cyn dweud, "Dyna'r cyfan am heddiw."

Cododd a cherdded o'r ystafell ymgynghori. Ond wrth iddo adael dywedodd Elliw, "Dw i wedi gweld lliwie dy'ch chi ddim yn 'u nabod," cyn ychwanegu'n ysgafn-galon, "Fe welwch chi nhw 'fyd... y tro nesa!"

Ochneidiodd Gwyn ar ôl gadael yr ystafell. Aeth drws nesaf a phwyso yn erbyn y wal. Clywodd ei waed yn berwi, ei berfedd yn llosgi. Gwrandawodd am synau cadair olwyn Elliw yn gadael yr adeilad.

Taflodd Gwyn gipolwg ar y cloc. Roedd un awr union wedi pasio ers dechrau'r sesiwn. Ond roedd hynny'n amhosib. Roedden nhw wedi siarad am tua ugain munud. Doedd e ddim wedi byrhau'r sesiwn o gwbl. Meddyliodd Gwyn am y seibiau, y bylchau yn y sgwrs. Pa mor hir oedden nhw wedi bod yno? A beth am y tric 'na efo'r darn o wydr?

36
Fy Nglas
gan Efa

Mae glas yn fy nilyn,
anodd ei ddisgrifio.
Rhwng awyr mis Awst
a lliw hen gar pan own i'n ifanc.
Bob amser yn agos,
prin yn ymddangos.

'Fy nglas' yw 'i enw, dim mwy.
Dienw'i effaith arnaf:
syrthio'n araf,
ansicrwydd yn fy anadl.

Daeth fy nglas
ataf neithiwr.
Winciodd arnaf
o'r lli ger y castell.
Llithrodd dros wyneb y llanw,
symudodd rhwng lliwiau llai,
nes diflannu, fel deryn.

Gwyddwn fod fy ffrind annwyl
wedi heneiddio.
Y tro nesaf, bydd rhywbeth newydd.
Oriog yw fy nglas.

37

Amser Te

"Beth sy'n bod, 'te?" holodd Delyth ar draws y bwrdd, lle'r oedd hi a'i gŵr yn cael te, ac o'u blaenau: tebot, sgons, bara brith, menyn a jam wedi'u gosod yn daclus. Yn yr ystafell fwyta roedden nhw, a'r ystafell yn adlewyrchu chwaeth Delyth, ond roedd meddwl Gwyn wedi hen gilio i'w stydi.

"Dim byd." Gollyngodd Gwyn ei fforc cyn syrthio'n swp i'w gadair gan ochneidio. "Wedi blino, dyna i gyd."

"Nid dyna'r cyfan," ychwanegodd Delyth.

"Dw i'n gweithio ar achos cymhleth," meddai'n ddigalon. "Mae 'na ferch ifanc... Mae hi'n 'y ngwylltio i."

Roedd clywed hyn yn rhyddhad i Delyth.

"Beth mae hi'n wneud?" holodd yn bryderus.

"Mae hi'n byw mewn byd ffantasi a dw i'n methu â'i symud hi i'r byd real."

"Ydy hi'n dreisgar?"

"Nac ydy," cyfaddefodd Gwyn.

"Ydy hi'n anhapus?"

"Nac ydy..."

"Beth yw'r broblem, 'te, felly?"

"Mae hi'n glyfar a dw i ddim yn gwbod be i neud â

hi." Roedd yn anodd dod o hyd i'r union eiriau i esbonio'r sefyllfa.

"Oes rhaid gwneud rhywbeth? Oes angen?"

"Oes wir. Os mai hi sy'n gywir, yna dw i'n byw celwydd. Fi a titha a phawb arall. Mae'r hyn y mae hi'n ei ddeud yn amhosib. Ond wnaiff hi ddim ildio."

Gan ei bod hi'n amlwg i Delyth fod rhywbeth wedi digwydd, holodd, "Alli di siarad am yr achos? Wel, dweud ychydig bach, ond heb enwi neb."

"Ma hi'n credu ei bod hi'n byw mewn stori sy'n cael 'i sgwennu gan ferch o'r enw Efa."

"Ma'r enw'n golygu bywyd, ti'n gwbod, on'd wyt ti? Efallai bod hyn yn bwysig." Roedd Delyth yn ceisio estyn cymorth iddo.

"Dw i'n gwbod."

"Mae'n swnio'n rhyfedd, ond dw i ddim yn deall pam bod hon mor bwysig a tithe 'di cael cymaint o achosion mwy trychinebus cyn hyn."

"Mae angen i mi gael sicrwydd bod y ddaear o dan fy nhraed yn gadarn."

"Ydy hi'n taeru'n wahanol?"

Yr eiliad honno, llithrodd diferyn o jam yn ara' deg i lawr ochr y pot ac ar y lliain.

"Gofynnais iddi am brawf, rhyw dystiolaeth i gadarnhau ei stori, a daeth â darnau o wydr lliwgar gyda hi a siarad llwyth o 'hipi crap'," chwyrnodd Gwyn, gan ddangos ei deimladau.

"Beth wyt ti'n mynd i neud â hi?"

"Ei hanfon i'r uned seiciatryddol, yn ôl pob tebyg."

"Oes rhaid gwneud hynny?"

Llithrodd y cwestiwn ar draws y bwrdd, fel y diferyn o jam, gan staenio'r prynhawn.

———

Er mwyn osgoi'r tawelwch, aeth Gwyn i'w stydi i hel meddyliau. Fyddai ychydig o Mahler o gymorth? Y nawfed symffoni, efallai? Ar ôl gwrando ar brif symudiad y symffoni, ymlaciodd Gwyn ychydig. Wedi pendroni, penderfynodd roi un cip olaf drwy'r cylchgronau academaidd oedd mewn rhesi ar ei silffoedd. Tarodd olwg drwyddynt yn gyflym gan ddewis edrych yma a thraw er mwyn gweld a gâi lygedyn o oleuni. Gwelodd gannoedd o erthyglau am achosion anarferol, a daeth yn amlwg iddo pa mor amrywiol yw'r meddwl dynol, er y gwyddai hynny'n barod.

Tarodd gipolwg byr ar hanesion bywyd amrywiol bobl, ac yn ddi-ffael, cyfeiriai pob achos at anhapusrwydd a'r cymhlethdod sy'n deillio o fyw yn y byd dynol. Prin oedd yr achosion y llwyddwyd i'w datrys yn llwyr, er efallai fod cyffuriau wedi lleddfu ychydig ar symptomau rhai cleifion. Ni wyddai'n union beth roedd yn chwilio amdano, ond ni ddaeth o hyd i un achos yn ei gylchgronau am ferch hapus a hyderus a gredai'i bod yn bodoli mewn stori neu chwedl.

Roedd Delyth yn gywir i ofyn a oedd yn rhaid ei hanfon i uned seiciatryddol. Oedd rhaid anfon Elliw yno? Ond roedd hi, Elliw, wedi codi ofn ynddo, ac roedd yn well ganddo sicrwydd y bywyd roedd yn ei adnabod.

Teimlai ei bod hi'n ysgwyd y byd roedd e'n gyfforddus i fyw ynddo. Efallai y byddai wedi ymdopi'n well â'r sefyllfa petai'n iau.

Bu Gwyn yn ystyried yn aflonydd oblygiadau credoau Elliw. Yn ôl theori Elliw, byddai'n rhaid i Gwyn ddibynnu ar ddymuniadau rhyw ferch, neu dduwies, i reoli ei fywyd. Fyddai bywyd yn fwy ansicr iddo petai duwies, yn hytrach na duw, yn ei dywys ar lwybr bywyd? Meddyliodd Gwyn am ei berthynas â'i fam, a chofiodd na ddylai seiciatrydd geisio'i drin ef ei hun. Ond roedd rhaid penderfynu beth i'w wneud ag Elliw.

Sut y gwnâi Elliw ddod i benderfyniad pe bai'n cyfnewid lle â Gwyn? Byddai'n dilyn rhyw broses hudol, yn ôl pob tebyg, ac yn defnyddio gleiniau, blodau a mwg. Ond gwyddai Gwyn ei fod yn annheg ag Elliw. Tasai e'n siarad â hi am ddegau o bynciau, bydden nhw'n siŵr o gytuno â'i gilydd. Dyfalodd na fyddai hi'n hoffi Mahler, ond doedd hynny ddim yn ddigon o reswm i'w hanfon i ysbyty seiciatryddol. Ceisiodd ddadansoddi'i deimladau. Pam roedd y ferch hon yn dân ar ei groen? Ei sicrwydd, er nad oedd ond dwy ar bymtheg oed, oedd un ateb y gallai Gwyn ei gynnig. Teimlai'n ansicr. Yn ddyn ifanc, doedd Gwyn ddim yn siŵr am werth syniadau, nac yn gwybod sut i ddelio â phobl, na sut i greu perthynas garwriaethol. Ond dyma ferch, ddwy ar bymtheg oed, yn siarad fel hen oracl ar adegau. Tybed oedd llais hŷn y tu cefn i Elliw?

Rwyt ti'n siarad yn hurt, Gwyn, meddyliodd yn siomedig. Ar ôl syllu ar y nenfwd, daeth i'r casgliad hwn: byddai Elliw yn sicr o ddweud "Credwch yn Efa". Pe bai Gwyn yn taflu ceiniog ac Efa'n ennill yna hi fyddai'n gwneud y dewisiadau ac nid fe. Byddai Gwyn, felly, yn credu yn Efa a byddai hithau'n gwneud y penderfyniadau doeth ar ei ran.

Roedd hyn yn rhyfedd, meddyliodd, ond o leiaf byddai'n ddiwedd ar y mater wedyn a gallai'i ymennydd orffwys. Ymbalfalodd ym mhoced ei drowsus am geiniog, a thaflodd y darn copr i'r awyr. Glaniodd y geiniog ar garped y stydi.

Edrychodd Gwyn arni a suddodd dan don boeth o gywilydd.

38

Lle Diogel

Syllai Gwyn drwy'r ffenestr gan daro'i bensel ar y ddesg. Yn y cyfamser disgwyliai Enfys ateb i'w chwestiwn. Beth ddylen nhw'i wneud? Gwyddai Gwyn fod yr ateb yno o'u blaenau, ond roedd yn anfodlon cydio ynddo. Doedd e ddim wedi gweld Elliw ers pum niwrnod ond roedd y cwestiwn hwn wedi llenwi ei amser ac roedd yn bryd dod i benderfyniad.

"Rwy'n poeni amdani hi," dechreuodd Gwyn. Byddai'n siarad yn ffurfiol iawn wrth roi newyddion drwg.

"Ydy hi mewn perygl? Mae hi'n ymddangos yn iach," meddai Enfys yn nerfus wrth ddisgwyl am ei ateb.

"Rwy'n cytuno. Mae hi'n edrych yn eithriadol o iach, ond…"

"Ond?"

"Dw i ddim yn credu y byddai hi'n brifo'i hun…"

"Ond?"

"Dw i'n credu y bydd hi'n mynd ar daith newydd arall, dan ddylanwad Efa, pwy bynnag yw Efa," ochneidiodd Gwyn.

"Aeth hi ddim i unman y tro diwetha. Roedd hi gatre

drwy'r amser a dyw hi ddim wedi dweud gair am fynd bant."

"Nac ydy. Ond dylai hynny fod yn rhybudd i ni, falla. Mae'n bosib y bydd hi'n teithio go iawn, y tro nesaf."

"Dw i'n edrych i weld a wela i rywbeth anarferol, ddydd a nos."

"Chi'n fam feddylgar..." a deallodd Enfys ei ergyd – nad oedd yn bosib ei gwylio trwy'r amser. "Os aiff i ffwrdd o ddifri, rwy'n ofni y gallai hi gael niwed, corfforol neu feddyliol. Mae'n swnio'n rhyfedd, ond gan ei bod hi mor hapus ac yn iach, dyna pam dw i'n poeni amdani hi. Wrth deithio, bydd hi braidd yn fregus ar ei phen ei hun. Gan ei bod hi mewn cadair olwyn, does dim modd ganddi i amddiffyn ei hun a, wel..."

Roedd y ddelwedd o Elliw heb amddiffyniad yn y byd bygythiol yn un bwriadol gan Gwyn a theimlai gywilydd iddo'i defnyddio. "Yn fy marn broffesiynol i, mae hi'n agosáu at ryw fath o argyfwng."

Ydw i'n ceisio cael gwared arni, am mai hi sy'n ennill y frwydr, meddyliodd Gwyn. Nid oedd angen iddo ddweud rhagor. Gwyddai Enfys yn iawn arwyddocâd ei eiriau. Lle diogel. Ysbyty iechyd meddwl. Gwallgofdy. Beth bynnag maen nhw'n eu galw'r dyddie hyn, meddyliodd Enfys.

Doedd Enfys, serch hynny, ddim yn un hawdd ei pherswadio. "Pa fath o argyfwng alle ddigwydd iddi?"

"Mae'n anodd dweud, ond gallai fod yn un grymus, dw i'n siŵr. Caiff hi ddigon o orffwys yno ac ae 'na lefydd neis ar gael."

"Gall gael digon o orffwys gatre 'fyd," atebodd Enfys, yn rhesymol.

Rhaid i mi fod yn ofalus, dywedodd y llais ym mhen Gwyn. "Mae 'na arbenigwyr fydd yn gallu gofalu'n iawn amdani," meddai heb ychwanegu'r geiriau a ddaeth i'w feddwl, sef nad oedd hi'n arbenigwraig.

Twyllwr, dywedodd Gwyn wrtho'i hun wrth sylweddoli fod Enfys yn gwanhau.

"Ga i amser i feddwl am y peth?"

Gŵr caredig oedd Gwyn, yn dad da i'w blant, a byddai'n helpu pobl pan fyddai hynny'n bosib. Ond heddiw, oedodd, gwgodd, cyn ochneidio i greu effaith.

"I le bydde hi'n mynd?" gofynnodd Enfys.

Plygodd Gwyn dros y ddesg gan edrych yn ddifrifol cyn dweud, "Dyna'r peth gora iddi. Dw i'n eich sicrhau chi," heb drafod lle na dyddiadau.

Teimlai Enfys yn euog, ac yn ansicr. Petasai'n gwybod pa mor euog y teimlai Gwyn, câi ei syfrdanu a byddai wedi newid ei phenderfyniad. Wedyn trafodwyd sut i ddweud wrth Elliw am y penderfyniad gan gytuno y byddai'n well pe byddai'n fodlon mynd o'i gwirfodd, ond fel y dywedodd Gwyn, "Gwneud y peth gorau iddi hi sy bwysica."

Wel, beth bynnag, mae'n tynnu at y terfyn. Problem rhywun arall fydd hi cyn bo hir. Ond a fyddai wedi bod yn well taswn i ddim wedi cwrdd â hi? Dyw hi ddim wedi gwneud dim byd maleisus, ond dw i'n casáu'r adegau pan fydd yn tynnu arnaf. Ddylwn i deimlo'n euog?

Beth am yr achos 'na llynedd, pan fu'n rhaid gyrru'r dyn 'na i'r ysbyty? Doedd yr achos ddim yn debyg, a dweud y gwir. Ydy hi, Elliw, mewn perygl? Mae'n ymddangos mor hyderus yn ddiweddar ac yn ymddwyn fel petawn i'n beryg bywyd, ac nid hi.

Mae euogrwydd yn beth od. Poen rydyn ni'n ei achosi i ni'n hunain ydyw. Dylen ni edrych ym myw llygad ein bywyd, ond rydyn ni'n rhy wan. Mae'n rhy hwyr bellach, beth bynnag.

Ond dyma'r peth gorau, falla, meddyliodd Gwyn, ar ôl y cyfarfod ag Enfys.

Beth bynnag, ma'r penderfyniad wedi'i neud, am y tro. Galla i fynd i'r ysbyty bob dydd ac fe ddaw hi'n ôl gatre, cyn gynted â phosib. Gwna i'n siŵr o 'ny. Bydd y tŷ mor wag hebddi. Ond fydd hi'n grac wrtha i? Bydde hynny'n ofnadw. Dw i'n teimlo mor euog, ond gwnes i'r peth gore, ontefe?

Odw i'n ca'l fy nefnyddio gan y dyn 'na? Ond pam wnele fe 'ny? Ddylwn i ofyn barn rhywun arall?

Wel, beth bynnag, mae'n tynnu at y terfyn. Gwneith Gwyn ymdopi.

Alla i fforddio'r llyfr 'ma yn Oriel Penrallt, am flode gwylltion? Mae'n hyfryd, ond dylwn i edrych am swydd, pan fydda i wedi cryfhau. Falle y dylwn i aros nes 'mod i'n ennill arian 'yn hunan. Mae'n annheg dibynnu ar Mam am bopeth a hithe'n gwitho mor galed. Gwna i bobi cacen iddi hi'r prynhawn 'ma, i weud diolch.

⸺

Deffrodd Gwyn yn sydyn yn yr oriau mân ac eistedd i fyny'n syth.

"Dyna fo!"

"Beth sy'n bod?" holodd Delyth yn gysglyd.

Roedd llygaid Gwyn yn danbaid. "Dyna sut roddodd hi'r gwydr yn 'y mhoced i."

"Mmm?"

"Doedd dim cyfle ganddi i roi'r gwydr yn 'y mhoced i yn ystod y sesiwn. Ond roedd hi wedi sylweddoli 'mod i'n gwisgo'r un siaced bod dydd. Gallai hi fod wedi rhoi'r gwydr yn 'y mhoced i unrhyw bryd cyn hynny a fyddwn i ddim wedi sylwi. A dyna fo! Dau ddarn o wydr, yn 'y mhoced i'n barod, ac un ar y bwrdd. Clyfar, clyfar iawn!"

Lapiodd Delyth y cwilt o'i chwmpas a mwmian, "Beth bynnag."

Deuai ffrwd fain o olau oren y stryd drwy'r llenni. Newidiai'r golau liwiau'r ystafell wely gan wneud y cynllun lliwiau roedd Delyth wedi'i ddewis mor ofalus yn ddiwerth. Efallai y gallai ddangos ychydig mwy o ddiddordeb yn 'y ngwaith i, meddyliodd Gwyn, gan weld bod ei wraig wedi cau ei llygaid yn dynn. Gan ei bod hi'n gweithio yn y bore, roedd yn benderfynol o gysgu.

39

Dwy Sgwrs

"Beth yw'r stori am yr ymfudwyr Gwyddelig?" gofynnodd Elliw dros fwrdd y caffi, gerllaw'r môr.

"Fel y dwedais i, stori am 'y nheulu i yw hi a dw i ddim isio i'r stori gael 'i hanghofio. Ro'n nhw mor dlawd, mor ddigalon, ac fe gawson nhw groeso erchyll. Dw i'n teimlo cywilydd am greulondeb fy nghyd-wladwyr, ond ydyn ni'n wahanol erbyn hyn? Ydyn ni wedi newid o gwbl?"

Fflachiodd yr haul dros y môr, gan ddallu Efa am amrantiad, ond gallai weld amlinelliad o Elliw wrth y bwrdd y tu allan i'r caffi, lle'r oedden nhw'n eistedd.

"Mae 'na bobl greulon nawr ac roedd 'na bobl greulon yn y dyddie gynt. Dyw dynoliaeth ddim yn newid ond rhaid cofio bod 'na bobl garedig 'fyd," atebodd Elliw.

"Dychmyga brofiad yr ymfudwyr, yn gadael eu cartrefi, yn symud i wlad estron, heb arian, heb fwyd, heb ddim, ond y dillad ar 'u cefna."

"Bues i'n ddigartre am ddiwrnod ac ro'dd y profiad yn ddychrynllyd," meddai Elliw, gan anadlu'n drwm wrth feddwl am y diwrnod hwnnw rhwng Meifod a Phennant Melangell a hithau heb do uwch ei phen.

Meddyliodd y ddwy am ddioddefaint diangen a holi

pam ei fod yn parhau ym mhob cenhedlaeth. Roedd y tywydd yn braf, o leiaf, a'r haul yn gwenu ar y merched. Gallai'r môr fod wedi gwenu hefyd, ar ôl perswadio Elliw i dderbyn her y wibdaith.

"'Sdim pwynt bod yn ddig am y gorffennol. Ond gallwn ni drio gwrthod pob creulondeb heddiw," meddai Elliw ymhen amser.

"Ti'n ddoethach na fi! Sut digwyddodd hynny?" meddai Efa mewn syndod. "Ond ti'n deud y gwir, heddiw sy'n bwysig, ond dw i jyst isio dal fy nheulu'n dynn, beth bynnag."

"Fi 'fyd," atebodd Elliw ac wedi meddwl am deulu, gofynnodd, "Oes gen ti blant?"

"Oes, bechgyn. Person cyffredin ydw i, ti'n gweld. Does dim rhaid bod yn oruwchnaturiol cyn medru creu. Dw i wedi geni bechgyn yn y dull arferol, a ti hefyd."

"Fi yw dy ferch di felly?"

Gwenodd Efa'n fodlon. "Wrth gwrs."

"Ma dwy fam 'da fi, 'te! Be fydde Mam yn gweud!"

"Mae'n wahanol," mynnodd Efa. "Dw i ddim yn dy dynnu di i ffwrdd oddi wrth dy fam. Meddylia amdana i fel dy fodryb ddireidus. Dw i'n bendant ddim am ddisodli dy fam."

"Wyt ti a fi'n debyg, neu ydyn ni'r un peth yn gywir?"

"Yn debyg. Gei di weld."

"Fydd Gwyn yn ymdopi â hyn?"

"Pam ti'n poeni amdano fo?"

"Mae e'n chware gêm na all e mo'i hennill," meddai Elliw yn feddylgar.

"Bydd o'n iawn yn y pen draw. Ond dyna ti eto, yn rhy garedig, yn gofalu am bobl eraill."

"Diolch i ti!" atebodd Elliw yn chwareus.

"Dylai awdur adael i'w gymeriada ddatblygu, gan eu bod nhw'n cyrraedd lleoedd annisgwyl iawn ar adega."

"Ro'n i'n credu mai ffigur ymadrodd oedd hynny."

"Dim mewn gwirionedd. Daw darna o gymeriada o rywle nad ydw i'n 'i ddallt o gwbl."

"Www! Mae rhyw ddirgelwch fan 'na, rhyw ddylanwad arall, nad ydw i'n 'i adnabod, hyd yn hyn!" chwarddodd Elliw.

"Dw i'n credu mai fi sy wedi dy danio di, ond rwyt ti wedi tyfu ar dy ben dy hun. Ti sy wedi creu dy hunan, mewn ffordd."

"Ma Gwyn yn credu bod ei ymennydd e wedi'i greu. Falle bod angen i ni greu'n hunain, yn rhannol o leia."

"Ma llai o wahaniaeth rhwng dy safbwyntia di a Gwyn, felly?"

"Falle. Ond ma fe'n ca'l 'i ansefydlogi 'da fi. Tase fe ond yn galler gweld prydferthwch y byd dw i'n byw ynddo..."

"Beth nesa, ti'n meddwl?" holodd Efa gan wenu.

"Rhaid i rywbeth ildio. Wyt ti wedi penderfynu?"

"Mae'r hyn fydd yn digwydd wedi cael 'i benderfynu ers y dechra. Ond..."

Edrychodd Elliw ar Efa ac roedd ei hedrychiad yn ddoniol.

"Dw i ddim yn cofio gwneud y penderfyniad. Beth sy ar dy feddwl di?"

"Ma realiti mewn haene, falle. Ry'n ni'n cael 'yn dylanwadu gan haene erill, er nad ydyn ni'n gwbod eu bod nhw'n bodoli. O's 'na ryw ddylanwad arnat ti sy wedi dylanwadu ar y penderfyniad?" holodd Elliw, gan wneud i Efa edrych yn ansicr.

"Dim ond sgwennu nofel o'n i, a dyma ni'n siarad am haenau'r bydysawd. Pwy a ŵyr?" Meddyliodd Efa am ychydig ac wedyn meddai, "Fel boda dynol, merched yn enwedig, rydan ni eisiau creu pob math o betha, gan gynnwys y genhedlaeth nesaf. Drwy sgwennu rydan ni'n creu cenedlaetha eraill. Mae moddau eraill o greu, celfyddyda eraill, ond wrth sgwennu rydan ni'n trio cynhyrchu cymeriada cyflawn, nid delwedda'n unig." Roedd yn amlwg bod Efa wedi meddwl llawer am hyn.

Wedi ystyried geiriau Efa, gofynnodd Elliw, "Ond ma 'na bethe nad wyt ti wedi'u creu? Lleoedd, hanes. Cymru. Dwyt ti ddim wedi creu Cymru?"

"Does dim digon o ddawn gen i i greu Cymru. Baswn i wedi cael rhyw ysbrydoliaeth arbennig taswn i wedi dyfeisio Cymru. Tirlun o greigia a dŵr yw hi, nid geiria. Y geiria sy'n goleuo'r wlad, ond dydyn nhw ddim yn ei chreu."

"Rwyt ti'n ei phoblogi hi'n rhannol. Ma angen creu pobl sy'n ca'l anturiaethe arbennig ac sy'n mwynhau carwriaethe, er y caiff y cefndir ei rannu gan bawb."

Chwarddodd Efa eto. "O, mor gymhleth, ond ti'n dechra deall, dw i'n credu. Ta waeth, bydd llwyth o amser gyda ni i siarad am betha fel hyn eto. Ond dylet ti fynd adra'n gynnar."

"Mae'r dyddie da'n dod, on'd ydyn nhw?" gwenodd Elliw.

"Ydyn," gwenodd Efa.

—

"Mae ein bydoedd ni mor agos at ei gilydd bellach. Dim ond llen fain sy rhyngddyn nhw. Ac maen nhw'n dal i symud tuag at ei gilydd," meddai Efa'n feddylgar.

"Be ddigwyddith pan fydd y bydoedd yn cyfuno?" holodd Elliw.

"Sori, mae hynny'n fy atgoffa fi o rywbeth. Mae'r ateb gen i i'r hen, hen gwestiwn."

Gadawodd Elliw i Efa barhau.

"Pam bod rhaid i ti ddefnyddio cadair olwyn?"

"O ganlyniad i'r ddamwen?" awgrymodd Elliw'n amheus.

"Dw i ddim yn sicr a oedd 'na ddamwain, hyd yn oed. Na. Mae angen cadair olwyn arnat ti gan mai dim ond hanner ohonot ti sy'n perthyn i'th fyd di."

"I beth mae'r hanner arall yn perthyn, felly, 'te?" gofynnodd Elliw wedi ei syfrdanu.

"Dw i'n credu dy fod ti'n bodoli mewn dau fyd, sef byd y stori a'th fyd di a fi hefyd. Mae dy gorff di'n gorwedd dros y ffinia ac felly dydy o ddim yn bodoli'n llwyr ym myd y stori. Dyna sy'n gyfrifol am dy anabledd di, am wn i. Mae rhan ohonot ti wedi aros yn fa'ma, gyda fi. Ond mewn storïau daw ystyron ffigurol yn ffeithia pendant."

Meddwl yn dawel wnaeth Elliw.

"Falla nad oeddwn i'n fodlon gadael digon ohonot ti'n rhydd," cyfaddefodd Efa.

"Ti wedi bod yn gafel ynddo i'n rhy dynn?"

Amneidiodd Efa.

"Ond bydd 'y mydoedd i'n uno, yn byddan nhw?"

"Byddan."

Tawelodd Elliw eto, gan fyfyrio ar y sefyllfa. Gadawodd Efa iddi feddwl tan iddi ofyn, "Mrs Prydderch. Pam ro'dd rhaid i fi ofyn iddi hi ble'r o'dd dy allwedd di?"

"Bydda i'n rhoi rhan ohono i yn 'y nghymeriada. Does neb yn gallu creu heb gyfrannu rhan ohoni'i hun at ei chreadigaetha. Beth bynnag ydw i, dw i'n rhoi tipyn bach ynddyn nhw, ac mae ganddyn nhw ran o'm cof. Ac ro'n i wedi edrych ym mhobman am y goriad! Sori am dorri ar draws dy stori."

"Dim probs! Dw i'n gafael mewn rhan o'th atgofion di, felly."

Arhosodd Efa i feddwl. "Pryd mae 'y mhen-blwydd i felly?"

Sylweddolodd Elliw y gwyddai'r dyddiad. "Penwythnos nesa!"

"Paid ag anghofio 'ta," chwarddodd Efa.

"'Nest ti 'na dim ond er mwyn i ti ga'l anrheg!"

"Rhywbeth neis!" chwarddodd Efa eto.

40
Elliw

Ro'n i'n ame bod 'na rywbeth y tu hwnt i 'mhrofiade i fy hunan ers y dechre, mae'n debyg, er ei bod hi'n anodd cofio. Ond ro'dd 'na gyment o arwyddion, a dylwn i fod wedi ame rhywbeth. Ond bellach, dw i'n gwbod fy lle yn y bydysawd enfawr. Mewn gwirionedd, do'dd fy mhrofiade i ddim yn wael iawn, ond dw i wedi dysgu dod i delerau gyda 'mywyd. Dw i wedi ymgyfarwyddo â'r brynie eto, a galla i gofio'r nentydd a'r foryd. Dw i wedi siarad â'm ffrindie yn y de ar y ffôn, a dw i'n bwriadu ymweld â nhw ymhen tipyn. Bydd rhaid gofyn am gyngor cyn penderfynu beth i ddweud wrthyn nhw.

O edrych yn ôl, digon gwag oedd 'y mywyd i, ond mae 'mhrofiade wedi llenwi'r gwacter hwnnw a dw i'n teimlo bron yn gyflawn erbyn hyn. Bron. Ma 'da fi'r un ffin ryfedd 'na ar draws fy mola o hyd, ond erbyn hyn mae'n gneud i fi wenu. Dw i'n gwbod y rheswm amdani a dw i'n deall cyfeiriad y stori.

Er bod diwedd y stori yn agosáu, eto mae'n teimlo fel dechre'r daith hefyd. Dim gwibdaith y tro 'ma! Beth nesa felly? Dw i ddim wedi sôn am gyflwr ofnadw'r byd 'to: newid hinsawdd, hiliaeth, anghyfiawnder. Ma 'na waith i'w neud! Rhaid i fi gyfrannu rhywbeth at y dyfodol.

Ar hyn o bryd dw i'n teimlo rhyw hapusrwydd tawel. Rhaid cofio, dw i mor ifanc. Dyw popeth, cofiwch, ddim wedi newid. Ma Gwenno yn dal isie cyment o sylw heddi ag eriôd! Dw i'n credu ei bod hi'n gwbod mwy am bethe nag mae hi wedi cyfadde hyd yn hyn.

"Ocê, ddafad! Dw i'n dod!"

Diolch am bopeth, Efa.

41
Traeth Arall

Deffrodd Gwyn yn hwyr ac, er mai prin y byddai'n yfed, roedd wedi cael llond gwydraid o chwisgi neithiwr. Aeth i'r gegin lle'r oedd ei wraig eisoes ac ymlusgodd o gwmpas yr ystafell, gan geisio gwneud y pethau arferol – gwneud coffi, dod o hyd i rywbeth i'w fwyta. Ond doedd y byd ddim yn fodlon cydweithio ag ef yn amlwg, gan iddo ollwng y coffi o'r paced dros y bwrdd a'r llawr. Roedd ei freichiau fel petaen nhw'n rhy hir ac eto yn rhy fyr ar adegau eraill, gan ei wneud yn hollol lletchwith. Daeth ei wraig yn ymwybodol o hyn a theimlai ar bigau'r drain.

Teimlai Gwyn yn anniddig ar y llaw arall, wrth iddo ddychmygu Elliw mewn carchar yn ei chadair olwyn ac yn cael ei llusgo i 'le diogel' a fyddai'n crebachu ei henaid. Awgrymodd Delyth y dylai fynd allan am dro i gael awyr iach, os oedd achos Elliw yn ei gythruddo gymaint. Felly, i ffwrdd ag e, i geisio dianc rhag y teimlad ei fod yn gwneud rhywbeth anghyfiawn i berson arall.

Oes lle arbennig gan bawb, lle byddan nhw'n dianc i feddwl am bethau, i wneud penderfyniadau neu i bendroni dros achosion dyrys? Am Aberdyfi y meddyliodd Gwyn, lle gallai fyfyrio. I Aberdyfi y dylai o fynd – i'r traeth ger y dre, neu i'r traeth sy'n cydredeg â'r maes golff? Mae'r dre'n darparu adloniant a chaffis, ond mae'r traeth hir, y tu allan i'r dre, yn fwy priodol i'r ysbryd unig. Am hydoedd ar ôl gadael y tŷ, darganfu Gwyn ei hun yn dal i eistedd y tu ôl i lyw ei gar. Wyddai o ddim faint o amser y bu yno; yn wir, ni allai gofio. Ochneidiodd a throi'r allwedd i danio'r car.

Wrth i Gwyn yrru drwy Fachynlleth, sylwodd ar ddynes mewn ffrog las golau, nad oedd patrwm arni. Ffrog unlliw hynod oedd hi, a thriodd Gwyn gofio lle'r oedd wedi gweld y lliw hwnnw o'r blaen. Wrth geisio cofio, gwelodd ddyn yn gwisgo siwt o'r un lliw, sef glas golau, ac er ei fod yn drawiadol ar ddynes, edrychai'n rhyfedd ar ddyn. Doedd dim cysylltiad amlwg rhwng y dyn a'r ddynes, gan eu bod yn cerdded ar wahân. Mae Machynlleth yn dre ryfedd ambell waith, meddyliodd Gwyn. Wedi troi wrth y cloc a gyrru tuag at y Bont ar Ddyfi, pasiodd fachgen ar ochr y stryd, yn dal hysbyslen sgwâr uwch ei ben. Bachgen tua deg oed ydoedd a golwg wag yn ei lygaid. Doedd dim llythrennau ar yr hysbyslen, dim ond yr un lliw'n union, sef y glas golau a welsai Gwyn ynghynt. Wrth sylweddoli hyn, brawychwyd o. Wedi croesi'r Bont ar Ddyfi, stopiodd y car mewn cilfan. Roedd y lliw wedi creu rhyw deimlad rhyfedd ynddo, yn wir, wedi codi ofn arno. Beth fyddwn i'n ei ddweud wrth gleient petai wedi dweud wrtha i iddo weld yr un peth ag a welais i, holodd Gwyn ei hunan.

Ymhen hanner awr, cerddai Gwyn ar draws y maes golff, a'i esgidiau'n llenwi â thywod. Cyn iddo ddringo codiad olaf y twyni, ni allai weld y môr, ond wedi iddo ddringo'r bryncyn, edrychai ymlaen at syllu ar y gorwel ac at ddechrau anghofio am yr hogan. Wrth ateb ei chwestiwn, "Wyt ti'n fy hoffi i?", rhaid cyfadde ei fod yn ei hoffi ond hefyd roedd yn benbleth iddo ac yn ennyn ei chwilfrydedd. Fel pawb hŷn, byddai'n cenfigennu wrth ei hieuenctid a'i phendantrwydd, ochneidiodd Gwyn wrtho'i hun.

Sylweddolodd Gwyn ei fod yn siarad efo hi, Elliw, yn ei feddwl, tystiolaeth a ddangosai gymaint roedd e wedi'i swyno ganddi. Gwnaeth adduned iddo'i hun na fyddai'n meddwl rhagor amdani ar y twyni, adduned na pharodd am fwy na deng eiliad. Fel gyda phob obsesiwn, roedd ganddi allwedd bersonol i'w feddwl, i fynd a dod yn ôl ei dymuniad, fel lletywr nad oedd croeso iddo.

Cyrhaeddodd frig y twyni wrth ddilyn y llwybr rhwng dant y llew a mathau o wellt glas a ffynnai ger y môr. Heblaw am y gwylanod, dim ond dau ffigwr a welai ar y traeth, tua dau gan metr i ffwrdd. Roedd un mewn cadair olwyn ac edrychai'r llall yn debyg i ddafad. Ie, Elliw a Gwenno, ond sut y cyrhaeddon nhw'r traeth yr un pryd ag o?

Yn anochel, byddai'n rhaid i Gwyn eu cyfarfod, felly dechreuodd gerdded ar hyd y traeth tuag atynt. Sut roedd Elliw a'i chadair wedi cyrraedd y traeth hwn a'r tywod mor anwastad? Roedd ganddo restr o gwestiynau i'w holi, ond pam fod amser yn symud mor araf? Aeth pob dim o'i le y bore 'ma, meddyliodd. Chwarddodd, gan fod y geiriau'n ymddangos yn ddoniol. Symudai ei draed dros y tywod ac yna'n sydyn, safai o flaen Elliw a'i chydymaith gwlanog. Câi Gwyn y teimlad ei fod wedi sefyll yno heb ddweud gair am yn hir. O leiaf roedd Elliw yn gwenu arno.

"Gwenno, I presume," meddai Gwyn wrth y famog. Safai Gwenno â'i phen ar dro fel pe bai'n mesur hyd a lled y dyn.

"Mae'n well ganddi Gymraeg," meddai Elliw yn chwareus. Roedd wedi clymu ei gwallt yn ôl at ei gwar, a'i addurno â bwa o flodau bach.

"Dw i ddim yn eich beio chi. Fe wnaethoch chi'r hyn y dylech chi'i wneud, fel y bydden ni i gyd yn ei wneud," meddai Elliw yn faddeugar.

"Sut dest ti yma? Dylet ti fod gartref, efo dy fam, fel y gwnaethon ni drefnu."

Gwenodd Elliw, a'i gwên yn garedig a chyfeillgar. Gwisgai wisg streipiog a'i hysgwyddau'n noeth.

"Ydych chi'n hoffi 'yn ffrog i? Prynes i hi yn Abertawe."

Agorodd Gwyn ei enau ond ni allai lefaru'r un gair.

"Dy'ch chi ddim yn deall 'to. Ry'n ni mewn chwedl, chi'n gwbod. Gall popeth, neu ddim byd, ddigwydd ynddi. Nid ni yw'r creawdwyr, ond yn hytrach y sawl a wnaeth ein creu. Patrymau ar y dudalen a'r meddwl y'n ni, ond os yw'r awdur yn ddigon crefftus, gallwn fyw yng nghalonnau'r darllenwyr am byth."

Ceisiai Gwyn fod yn amyneddgar. Efallai y gallai ei pherswadio i ddod adref gydag e, er ei bod hi mor anodd ei dal â phelydryn yr haul. Ceisiodd ddod o hyd i ryw brofiad yn ei fywyd a fyddai o gymorth iddo, ond roedd yn dal i feddwl ar yr un hen lwybrau. Ni fyddai pethau confensiynol yn ddefnyddiol bellach yn y frwydr. Beth oedd yr ateb? Mynd â hi i rywle... ond i ble? A pham?

Dechreuodd Elliw chwilio yn ei sach deithio oedd yn hongian o'i chadair, wrth iddi glywed sŵn ei ffôn yn canu. "Galwad i chi yw hon," meddai wrth Gwyn. Disgleiriai'r heulwen yn ei gwallt.

Cynigiodd Elliw'r ffôn iddo. Syllodd Gwyn ar y sgrin a gweld enw'r galwr yn glir. Efa!

Daliai Elliw y ffôn o'i flaen. Edrychodd Gwyn heibio iddi at y gorwel mewn penbleth. Wedi i'r ffôn orffen canu, cynigiodd hi ryw fath o diwb iddo. Derbyniodd e'r tiwb a gweld mai tegan ydoedd. Caleidosgop. Mwynhaodd deimlad y caleidosgop yn ei law. Wedi byseddu'r tegan ac wedi ceisio deall ei siâp a'i bwrpas, edrychodd Gwyn i fyny gan wynebu Elliw. Yna, sylweddolodd fod Elliw wedi codi o'i chadair ac yn sefyll ar ei thraed. Ac roedd yr haul, dros ei hysgwydd, yn cynnwys mwy nag un lliw.

Gan hanner chwerthin a'r gwynt yn chwythu ei gwallt dros ei hwyneb, dywedodd Elliw wrtho, "Bydd Pawel yn dod 'ma. Hoffwn i chi gwrdd ag e."

Syllai Gwyn draw dros lesni'r môr, ar y gorwel, a theimlai'n sicr bod y gorwel wedi symud.

Safai Elliw ar ei thraed ac o'i chwmpas roedd holl liwiau'r enfys.

Meddai Gwyn, "O hyn ymlaen bydd popeth yn wahanol." Roedd yn gywir.

Gwyddai Gwyn ei fod wedi bod yn breuddwydio

hyd yn hyn. Beth oedd y rheolau bellach? Roedd fel plentyn, ond a fyddai rhywun yn estyn cymorth iddo fyw yn y byd newydd hwn? Syllai'r ddafad arno i weld beth fyddai ei symudiadau nesaf.

Credai Gwyn mai'r lliwiau, yr awyr hallt, ac adlewyrchiad yr haul a ddaeth ag e i'r foment hon.

Cododd y caleidosgop i'w lygad a gweld patrymau hardd, cyfnewidiol, heriol a swynol, wrth i'r môr lepian y traeth.

Y Freuddwyd Barhaus
GWENNO'N CNOI CIL

Mae defaid fel fi'n byw rhwng y pridd a'r nefoedd lawog. Mae bodau dynol yn byw rhwng dychymyg a disgyrchedd. Rhwng y byd o freuddwydion posibl a'r hyn sy'n eu darostwng i'r pethau cyffredin. Ond gallwn ni ddefaid weld o'r naill fyd i'r llall, gan fod 'na dyllau rhwng y bydoedd hyn sy'n caniatáu i'r lliwiau lifo drwyddyn nhw.

Arhosa funud i mi ga'l cnoi cil.

Diolch.

Gallwn ni fod yn ddryslyd, a chamgymryd y byd solet am y byd o syniadau. Ambell waith, bydd hyn yn achosi problemau. Dyna pam bydd pobl yn dweud bod creadigrwydd yn ymylu ar fod yn wallgofrwydd.

Mae Bro Ddyfi, lle bydda i'n pori, yn lle pendant, go iawn, wrth gwrs. Mae gan yr ardal agweddau diamwys, sy'n bodoli mewn niferoedd o straeon, mewn byd afreal. Dydw i ddim yn credu y gall unrhyw awdur ddychmygu harddwch y dyffryn cystal â'r hyn a geir yno. Pwy all ddisgrifio'r brithyll llithrig yn ei nentydd, neu arogl y rhedyn ar ei elltydd ar ôl cawodydd o law?

Rhaid i mi gnoi cil unwaith eto, sori.

Defaid? Dim ond i chi edrych ar y bryniau, byddwch

yn sicr o'n gweld yn ddi-ffael. Ymddangoswn mewn cymaint o storïau'n dawel, heb gael llawer o sylw fel arfer, yn greaduriaid sy'n rhan o'r tirlun. Rwy'n fodlon byw mewn byd o borfa, lle bydd yr haul yn disgleirio a'r glaw melys yn cwympo heb alw ar neb i egluro. Dyw defaid ddim yn greadigol iawn ond mae gennym ni lawer o amser i feddwl am y bydysawd a'i agweddau hynod.

Mae'r glaw wedi adfywio'r borfa 'ma. Mae'n wych!

Sori, beth oedd y cwestiwn?

"Beth yw creu?" Pam fod angen i'r cwestiwn 'ma gael ateb pendant? Does dim ateb gwell na symudiad brwsh paent. Ond mae Elliw wedi dweud wrtha i mai gweld tu hwnt i ffiniau'r byd yw creu. Wedi gweld tirluniau newydd, gallwn ni ailadeiladu ein byd mewn ffydd, un newydd a gwell. Gall bydoedd gyfuno, hyd yn oed, fel yn ein stori ni. Dyna greadigrwydd, yn siŵr i chi. Hefyd, dyna gariad.

Mmm. Danadl melys.

Ond dyma gychwyn ar lwybr hir. Gwreichion yw popeth yn y stori hyd yn hyn. Os byddwn ni'n ffodus iawn, bydd pobl yn ail-greu'r stori yn eu ffyrdd eu hunain. Bydd Elliw yn teithio – sori, gwibdeithio – o feddwl i feddwl, ac yn newid ychydig bob tro. Bydd pob un sy'n darllen amdani yn rhoi wyneb ac acen wahanol iddi hi. Bydd ei manylion yn newid bob tro, er y bydd ei chymeriad yn parhau yn ddigyfnewid. Y darllenwyr fydd yn ei chreu yn hytrach nag unrhyw berson arall. Bydd eu bydoedd yn agosáu at ein byd ni a bydd y golau'n llawn o'i lliwiau cyfoethog.

Dyna ein barn ni'r defaid o leiaf. Fel y dwedais o'r blaen, mae gennym ni lawer o amser i feddwl am y gwirionedd heb i ni gael ein haflonyddu gan neb a heb i unrhyw un ddisgwyl llawer gennym ni. Ddylai pobl ddim tanbrisio gwerth meddyliau defaid.

Dyna'r cyfan am wn i. Pob lwc wrth greu.

Peidiwch anghofio am... Www! Y meillion!